Jan Andersen

Dusty
Komm nach Hause!

Jan Andersen

Dusty

Komm nach Hause!

Vignetten von
Cathy Ionescu

cbj

Für Lotta, Abby, Spot, Carlos und Akira

Für die Unterstützung bei der Arbeit danke ich dem Tourismusverband Großarltal. www.grossarltal.info

Weitere Titel in dieser Reihe:
Dusty – Freunde fürs Leben 978-3-570-22641-4
Dusty in Gefahr 978-3-570-17339-8

Es ist heiß im Auto. Und stickig! Er hechelt schon die ganze Zeit. Und steht auf und dreht sich im Kreis und legt sich wieder hin. Aber da ist der Koffer mit seinen harten Kanten, und auf der anderen Seite eine große Tasche, dazwischen ist kaum Platz für ihn. Außerdem macht es keinen Spaß, immer nur nach hinten rauszugucken. Bestimmt wäre es vorne besser, zwischen Paul und Karlotta. Und normalerweise würde er jetzt auch einfach über die Lehne der Rückbank springen! Aber da haben sie ein Netz gespannt, als wollten sie nicht, dass er zu ihnen kommt.

Eigentlich ist er ein bisschen beleidigt. Erst rennen sie stundenlang durchs Haus und schleppen alles mögliche Zeug zum Auto, ohne ihn auch nur zu beachten, obwohl er sich genau vor die Tür legt. Und dann erklärt ihm Paul irgendwas, was er nicht genau versteht. Und Karlotta pikst ihn mit dem Finger in die Seite und sagt: »Es wird ganz toll, glaub mir!« Aber als es endlich so weit ist und er mit raus darf, sperren sie ihn hinten zu dem Koffer!

Er hat keine Ahnung, wie lange sie jetzt schon unterwegs sind. Genauso wenig wie er weiß, wo sie überhaupt hinwollen. Und er hat auch keine Lust mehr, schon wieder zu schlafen. Viel lieber würde er mit Paul durch den Wald laufen und irgendwas erleben. Neulich haben sie einen Igel gesehen, der wie eine stachelige Kugel direkt vor ihnen auf dem Weg lag. Erst wollte er ihn mit der Schnauze anstupsen, aber Paul hat ihn festgehalten. Sie haben ganz still dagestanden und gewartet. Bis der Igel plötzlich losgerannt ist! Und dann haben sie lange im Laub und unter den alten Ästen gesucht, aber der Igel war verschwunden. Bestimmt gibt es da irgendwo ein Loch. Oder eine Höhle. Unter dem umgestürzten Baum vielleicht, wo die Wurzeln wie dicke Arme aus dem Sandboden ragen. Und er weiß auch schon, was er beim nächsten Mal machen wird!

Er wird sich so lange vor den Baum legen, bis der Igel rauskommt. Und dann muss er nur schnell genug sein und ihn mit der Schnauze umdrehen, bevor der Igel sich wieder zusammenrollen kann. Aber wenn er es schafft und den Igel auf den Rücken rollt, kann er sich bestimmt in aller Ruhe die Beine ansehen, die da ja irgendwo sein müssen und die ihn sehr interessieren.

So schnell wie der Igel neulich weggerannt ist, müssen es ja ziemlich lange Beine sein, denkt er noch, als er hört, wie Paul seinen Namen ruft.

Mist, jetzt war er tatsächlich wieder eingeschlafen! Und hat ganz vergessen, wo er eigentlich ist. Prompt stößt er sich den Kopf an der Kofferkante, aber dann springt er auf und presst die Nase in das Netz über der Lehne.

»Wir machen eine Pause«, erklärt ihm Paul.

»Wir müssen nämlich mal«, sagt Karlotta und kichert.

Sie biegen gerade von der Autobahn ab. Auf einen großen Parkplatz, auf dem viele andere Autos stehen.

Als Paul ausgestiegen ist und die Klappe hinten aufmacht, bläst ihm der Wind einen unangenehmen Geruch direkt in die Nase. Nach Benzin und Auspuffqualm. Aber wenigstens wird es ein bisschen kühler. Und als er auf den Boden springt, riecht er so viele verschiedene Sachen auf einmal, dass er es kaum abwarten kann, bis Paul ihm die Leine angelegt hat.

Aufgeregt zieht er Paul zu der matschigen Wiese hinüber.

»Ich gehe eine Runde mit Dusty!«, ruft Paul den anderen zu, die sich nur noch schnell ihre Jacken überziehen, bevor sie zu der Tankstelle laufen.

Dann ist er mit Paul alleine auf der Wiese. Nein, stimmt nicht ganz, da drüben ist noch ein anderer Hund. Ein großer schwarzer Hund mit struppigem Fell, der gerade etwas zu fressen gefunden hat. Unter der Bank, die da steht. Und bestimmt ist da noch mehr! Aber jetzt hat der große Struppige ihn auch gesehen und fängt an zu bellen. Es klingt nicht sehr freundlich, das scheint auch Paul zu finden. Weshalb sie lieber einen großen Bogen um die Bank machen. Aber obwohl Paul an der Leine zerrt, schafft er es wenigstens noch, schnell an den Laternenpfahl zu pinkeln. Damit der Struppige auch weiß, dass er da war!

Erst als sie ein ganzes Stück entfernt sind, macht Paul die Leine ab. »Los, Dusty, lauf ein bisschen!«, ruft er und wirft einen Stock für ihn.

Paul kann ziemlich gut werfen, und der Stock fliegt fast bis zu dem Zaun, an dem die Wiese zu Ende ist.

Er läuft los und bringt den Stock zurück.

Paul wirft wieder. Er rennt wieder. Das machen sie ein paarmal, bis es ihnen beiden langweilig wird. Außerdem nervt das Gedröhne von der Autobahn. Es ist so laut, dass es in den Ohren fast wehtut. Und er ist ganz froh, als Paul jetzt mit der Leine winkt und zurück zum Auto will.

Aber plötzlich entdeckt er eine Spur, genau vor sich, auf dem Weg, der zum Parkplatz führt. Und den Geruch kennt er ganz genau, auch wenn er nicht gleich weiß, zu wem er gehört. Er hebt den Kopf und zieht prüfend die Luft durch die Nase.

»Was ist?«, ruft Paul. »Jetzt komm schon her, ich muss dich wieder an die Leine nehmen, sonst kriegen wir Ärger! Dusty! Hörst du nicht?«

Natürlich hört Dusty, aber er hat keine Zeit, um zu ihm zu laufen. Erst muss er wissen, ob er sich irrt oder ob das wirklich …

Mit dem nächsten Windstoß riecht er es ganz deutlich. Und dann sieht er auch das Auto! Das sind sie!

Er bellt und wedelt mit dem Schwanz.

Aber sie sehen ihn nicht. Jetzt machen sie die Türen zu und fahren los.

Er fängt an zu rennen. Erst noch ein bisschen zögernd, aber als das Auto schneller wird, spannt er alle Muskeln an und jagt hinterher. Dicht an Paul vorbei, der irgendwas brüllt und mit den Armen fuchtelt, quer über den Parkplatz, zwischen zwei Lastwagen hindurch und weiter. Und da ist das Auto wieder! Aber er schafft es nicht mehr. Im letzten Moment kann er einem Motorrad ausweichen, das plötzlich von der Seite kommt, und er hört Leute rufen, aber er gibt erst auf, als er schon fast auf der Autobahn ist und weiß, dass es jetzt zu gefährlich wird.

Hechelnd lässt er sich dicht neben der Leitplanke auf den Boden fallen und bleibt einfach liegen, bis Paul angerannt kommt und mit ihm schimpft. Und sich dann zu ihm beugt und ihn streichelt und immer wieder fragt: »Mann, Dusty, spinnst du? Du kannst doch nicht einfach auf die Autobahn rennen! Was war denn los? Was hast du gesehen?«

Aber er kann ja nicht antworten. Er kann Paul nicht erzählen, dass er das Auto erkannt hat. Und dass ihm plötzlich alles wieder eingefallen ist, was er schon fast vergessen hatte. Sie waren es! Aber sie haben ihn nicht gesehen und jetzt sind sie wieder weg. Und vielleicht findet er sie nie wieder …

1. Kapitel

Als sie endlich alle wieder im Auto sitzen, ist die Stimmung so ziemlich auf dem Nullpunkt.

Karlotta hat den Kopf gegen das Fenster gedrückt und weint.

»Fast wäre Dusty überfahren worden«, schluchzt sie. »Und dann hätten wir keinen Hund mehr gehabt und alles wäre ganz doof gewesen. Und überhaupt: Ich will auch gar nicht mehr in den Urlaub fahren! Vielleicht haut Dusty ja noch mal ab und … und wir finden ihn nie wieder!«

»Jetzt hör aber mal wieder auf«, sagt Pauls Vater genervt vom Beifahrersitz. »Es ist ja noch mal alles gut gegangen. Obwohl ich wirklich nicht verstehe, was mit dem Hund plötzlich los war. So was hat er doch noch nie gemacht!«

»Wenn das noch mal passiert, dann kommt Dusty in die Hundeschule«, erklärt Pauls Mutter, während sie einen Lastwagen überholt. »Und wenn wir in unserem Ferienort sind, dann lässt du ihn nicht von der Leine, hörst du, Paul?«

»Schon klar«, sagt Paul und schiebt seine Hand an dem Netz vorbei nach hinten, um Dusty zu streicheln. Aber Dusty kommt nicht wie sonst, um seine Finger abzulecken, sondern presst die Schnauze gegen die Scheibe und zittert immer noch am ganzen Körper. Irgendwas stimmt nicht mit ihm, denkt Paul. »Wenn du doch nur reden könntest«, sagt er leise. »Dann könntest du uns erzählen, was los war …«

Es dauert lange, bis Dusty sich endlich wieder hinlegt. Aber Paul sieht, dass er immer noch die Ohren gespitzt hat. Und er winselt leise, als ob er sehr unglücklich wäre.

Es wird schon fast dunkel, als sie die ersten Berge sehen. Ganz oben auf den Gipfeln liegt noch Schnee, und als die Sonne untergeht, leuchten die Felswände so rot, als würden sie von einem riesigen Scheinwerfer angestrahlt.

»Schön«, flüstert Karlotta. »Und da klettern wir überall hoch? Gleich morgen?«

»Klar«, sagt ihr Vater, »wir klettern auf jeden Berg. Und wenn wir Glück haben, finden wir bestimmt ein paar Gämseneier!«

»Echt?«, fragt Karlotta. »Sind die groß?«

Peter schüttelt den Kopf. »Klein und schwarz«, erklärt er. »Ein bisschen wie runde Schokoladeneier.«

Paul muss fast laut lachen. Er weiß ja, dass Gämsen keine Eier legen. Sie sind schließlich Bergziegen und keine Vögel! Aber er sagt nichts. Karlotta wird schon noch früh genug merken, was Peter mit den kleinen schwarzen Schokoladeneiern meint.

Und plötzlich freut er sich doch wieder auf die Ferien, auch wenn er inzwischen so müde ist, dass er kaum noch die Augen offen halten kann. Erst als sie endlich in das Dorf kommen, wo sie die Ferienwohnung gemietet haben, beugt er sich wieder nach vorne. Die Häuser rechts und links von der Straße hocken wie dunkle Schatten im Licht der Straßenlampen, und hinter ein paar Fenstern flackern die Fernseher, aber sonst gibt es nicht viel zu sehen. Eine Kirche hinter einer hohen Mauer, einen Friedhof, der mit seinen Kreuzen irgendwie gespenstisch aussieht, eine Tankstelle, die geschlossen hat.

»Hast du gerade gepupst?«, flüstert Karlotta neben ihm.

»Quatsch«, sagt Paul. Aber er riecht es auch! Es stinkt. Und zwar ganz eindeutig nach Kuhmist. Gleich darauf sehen sie auch eine Weide, auf der Kühe am Zaun stehen und träge die Köpfe heben, als sie vorbeifahren.

»Genau so habe ich mir das vorgestellt«, freut sich Peter. »So muss ein echtes Alpendorf aussehen!«

»Und riechen!«, ergänzt Simone.

Paul ist sich nicht ganz sicher, ob seine Mutter sich auch freut. Wahrscheinlich würde sie es besser finden, wenn statt der Kühe ein paar schicke Klamottenläden da wären, denkt er noch, als sich plötzlich das Navi zu Wort meldet: »Sie haben Ihr Ziel erreicht.«

»Was?«, fragt Peter und blickt ratlos aus dem Fenster. Wo aber nur eine Scheune oder ein Stall zu sehen ist, und jedenfalls weit und breit kein Haus.

»Na wunderbar«, erklärt Simone und tritt auf die Bremse, »Ferienwohnung im Kuhstall!«

Jetzt ist Paul sich absolut sicher, dass seine Mutter am liebsten gleich wieder umkehren würde!

Karlotta fängt wieder an zu weinen. »Ich will aber nicht im Kuhstall wohnen«, schluchzt sie.

Im gleichen Moment fängt Dusty an zu bellen. Aus dem Dämmerlicht kommt ein Fahrrad auf sie zu. Ziemlich schnell. Und in Schlangenlinien! Die Lampe flackert ein bisschen.

»Ich frag am besten mal«, sagt Peter und steigt aus.

Dusty kratzt mit den Pfoten an der Scheibe und knurrt.

»Ganz ruhig«, sagt Paul. »Das ist nur jemand, der hier wohnt. Der tut uns nichts.«

Der Radfahrer hält genau neben ihrem Auto. Jetzt sieht Paul, dass ein Junge auf dem Sattel sitzt, der höchstens so alt ist wie er selber. Mit schwarzen Haaren, die wirr nach allen Seiten abstehen. Und mit einem schwarzen Kapuzenshirt mit dem Bild von irgendeiner Band. Eigentlich also alles ganz normal – wenn der Junge dazu nicht ausgerechnet eine speckig glänzende Lederhose anhätte! Eine kurze Lederhose, die ihm bis zu den Knien reicht. Unten aus der Lederhose gucken zwei nackte Beine, die in schlammbespritzten Gummistiefeln verschwinden. An dem einen Stiefel klebt ein dicker Dreckklumpen, der verdächtig nach einem Kuhfladen aussieht.

Paul lässt das Fenster ein Stück runter, um zu hören, was sein Vater mit dem Jungen redet.

»Entschuldigung, wir suchen die Spitzbergstraße ...«

Der Junge nickt. Aber er sagt nichts. Er versucht nur, ins Auto zu blicken. Simone hebt die Hand und winkt. Paul winkt auch. Karlotta versteckt ihren Kopf hinter Pauls Schultern. Und Dusty knurrt leise.

»Spitzbergstraße?«, wiederholt Peter. Ungefähr so, als würde er mit jemandem reden, der nicht unbedingt der Hellste ist.

Der Junge nickt wieder. Dann steigt er ab und drückt Peter den Lenker in die Hand, damit er sein Rad hält. Und dann geht er einmal um ihr Auto herum, als hätte er noch nie zuvor einen alten verbeulten Passat gesehen. Schließlich bückt er sich zum Nummernschild.

»Berlin!«, ruft Peter. »Wir kommen aus Berlin. Und wir suchen die Spitzbergstraße.«

Der Junge richtet sich wieder auf. Und nickt noch mal, bevor er sagt: »Passt.«

»Was?«, fragt Peter.

»Passt«, wiederholt der Junge. »Aufi, packen wir's!«

Er nimmt sein Rad und steigt auf. Ohne sich noch mal umzublicken, strampelt er los. Nach ein paar Metern biegt er auf einen Feldweg ab. Und dann ist nur noch sein Rücklicht zu sehen, das durch die Schlaglöcher hüpft.

»Keine Ahnung, was er gemeint hat«, erklärt Peter, während er wieder ins Auto steigt.

»Besonders viel hat er ja nicht gesagt«, stellt Simone fest. »Aber ich glaube, wir sollen hinter ihm herfahren.«

Sie lässt den Motor an und biegt ebenfalls auf den Feldweg ein. Als die Scheinwerfer den Jungen auf seinem Rad erfassen, sehen sie, wie er mit dem Arm winkt.

»Alles klar«, sagt Peter, »du hattest recht. Ich hoffe nur, dass er auch wirklich kapiert hat, wo wir hinwollen …«

Der Feldweg windet sich in ein paar engen Kurven den Berg hinauf, aber der Junge scheint das zu kennen, er tritt jetzt im Stehen, um mehr Kraft zu haben. Im ersten Gang zuckeln sie hinter ihm her. Rechts und links ragen hohe Bäume auf, aber es ist jetzt so dunkel, dass sie kaum die Stämme erkennen können. Und je weiter sie in den Wald kommen, umso unheimlicher wird es.

Karlotta hat wieder den Kopf an Pauls Schulter gedrückt, und Dusty knurrt jedes Mal, wenn draußen ein neuer Schatten vorbeiwischt. Von dem man unmöglich sagen kann, ob es nur ein Felsbrocken oder irgendein Holzstapel ist – oder vielleicht ein Tier! Ein riesiger Hirsch, ein Wildschwein, ein Bär …

Pauls Mutter muss gerade etwas Ähnliches gedacht haben, jedenfalls sagt sie: »Das kann unmöglich richtig sein. Bei der erstbesten Gelegenheit wende ich und fahre zurück zum Dorf.«

Aber der Weg ist zu schmal, um zu wenden. Und dann ist plötzlich das rote Rücklicht vor ihnen verschwunden! Einfach weg, als wäre es von der Dunkelheit verschluckt worden.

»Das gibt's doch nicht«, sagt Peter. »Was ist denn jetzt los?«

Paul merkt, wie sein Herz hämmert. Vielleicht ist das Ganze eine Falle, denkt er. Der Junge auf dem

Rad gehört zu irgendeiner Bande, die nachts Touristen auflauert und sie in den Wald lockt. Und jeden Moment kommen wahrscheinlich irgendwelche Typen zwischen den Bäumen hervorgesprungen, um sie auszurauben!

Hinter sich hört er Dusty hecheln. Und er ist froh, dass Dusty bei ihnen ist. Er weiß ja, dass der Hund alles tun würde, um seine Familie zu verteidigen. Und wenn er das Nackenfell aufstellt und die Zähne zeigt, sieht er fast aus wie ein Wolf. Mit ein bisschen Glück traut sich die Bande dann nicht an sie heran und sie kommen noch mal davon …

Der Passat kracht wieder durch ein Schlagloch. Und gleich darauf führt der Weg plötzlich steil nach unten, in eine Senke hinunter. Jetzt sehen sie auch das Rücklicht wieder! Aber da ist noch ein anderes Licht, das zwischen den Bäumen hindurchschimmert.

»Ich glaube, da vorne ist ein Haus«, sagt Peter und beugt sich so weit vor, dass er mit dem Kopf fast an die Windschutzscheibe stößt. »Das muss es sein. In der Email stand ja auch was davon, dass die Ferienwohnung schön ruhig gelegen sein soll.«

Seine Stimme klingt, als wollte er sich selbst Mut machen. Aber er hat sich nicht geirrt. Hinter der nächsten Kurve endet der Weg auf einer Wiese, auf der ein großes Bauernhaus steht. Und alle Fenster sind hell erleuchtet! Über der Tür hängt ein Schild:

FISCHBACHERHOF – FERIENWOHNUNGEN ZU VERMIETEN.

Der Junge mit der Lederhose lehnt gerade sein Fahrrad an die Hauswand und hält ihnen den hochgereckten Daumen hin.

Sie sind tatsächlich angekommen! Und dann erscheint auch schon eine dicke blonde Frau in der Tür und winkt ihnen fröhlich zu.

»Alles ist gut, Dusty«, sagt Paul leise. »Du kannst aufhören zu knurren. Die Bande hat sich verkrümelt, wir haben uns völlig umsonst Sorgen gemacht.«

»Was für eine Bande?«, fragt Karlotta ängstlich.

»Vergiss es«, sagt Paul. »Dusty und ich haben alles im Griff.«

Eine halbe Stunde später haben sie ihre Sachen aus dem Auto in die Ferienwohnung geschleppt. Und Paul blickt inzwischen auch so halbwegs durch, wer außer ihnen noch alles in dem Bauernhaus wohnt. Und wer zu wem gehört und warum der Junge auf dem Fahrrad vielleicht doch schlauer ist, als er erst dachte …

Sie sind im Moment die einzigen Gäste. Weil die Osterferien ja gerade erst angefangen haben. Deshalb haben sie auch die Wohnung mit dem großen Balkon bekommen, von dem man über die Bäume hinweg genau auf den Gipfel des Spitzbergs blicken kann. Natürlich nur am Tag und nicht, wenn sowieso alles dunkel ist. Und der Spitzberg ist der höchste Berg in der Umgebung, auf dem ganz oben sogar im Sommer noch Schnee liegt! Hat zumindest die dicke Frau behauptet, die Gertrud heißt und die Mutter von dem Jungen mit dem Fahrrad ist. Der Junge heißt Max. Eigentlich Maximilian Xaver Luis, aber weil das zu umständlich ist, nennen ihn alle nur Max. Und weil sie hier immer zuerst den Nachnamen sagen, ist er also der Fischbacher Max.

Max ist ein halbes Jahr jünger als Paul, aber trotzdem fast schon einen Kopf größer! Und später will er mal Bergsteiger werden. Im Sommer, und im Winter Skilehrer. Genauso wie sein Großvater früher! Der sogar mal ziemlich berühmt war, weil er ein paar Gipfel bestiegen hat, an die sich vorher noch kein anderer rangetraut hatte. Aber bevor Max es ihm nachmacht, muss er natürlich erst mit der Schule fertig sein, was ihn ziemlich nervt. Womit sie schon mal zu zweit sind, weil Paul sich auch was Spannenderes vorstellen könnte, als jeden Tag zur Schule zu latschen.

Es gibt auch noch einen Vater, den Fischbacher

Toni, der Hüttenwirt ist. Deshalb ist er auch nicht zu Hause, sondern auf der Fischbachhütte, die irgendwo ziemlich weit oben an der Felswand klebt, wie Max erklärt hat. Man braucht mindestens vier Stunden, um hinzukommen! Und es gibt keine Seilbahn und nichts, Max' Vater muss alles, was die Gäste auf seiner Hütte brauchen, auf dem Rücken hochschleppen. Und solange der Fischbacher Toni nicht zu Hause ist, müssen sich Max und seine Mutter alleine um alles kümmern. Zum Beispiel um die Kuhherde, an der Paul und seine Familie vorhin erst vorbeigekommen sind. Und um den Großvater, der im Anbau wohnt und schon ziemlich alt ist, aber trotzdem noch jeden Tag durch den Wald läuft, um fit zu bleiben.

Außer dem Großvater und der Kuhherde gibt es einen fetten Kater, ein paar Hühner und einen Kaninchenstall. Weshalb Karlotta jetzt auch im Bett liegt und ohne Pause über Kaninchen redet! Obwohl sie längst schlafen sollen und Simone schon dreimal da war und das Licht wieder ausgemacht hat. Aber kaum dass sie aus dem Zimmer ist, knipst Karlotta die Lampe wieder an und redet weiter. Dass sie morgen früh unbedingt als Erstes zu den Kaninchen will, um rauszukriegen, ob sie genau so schlau sind wie die beiden Kaninchen bei ihnen zu Hause …

Paul und Karlotta haben ein kleines Zimmer mit einem Stockbett. Paul liegt oben und Karlotta unten. Und Dusty hat sich einen Schlafplatz unter dem Tisch gesucht. Von seinem Bett aus kann Paul sehen, wie Dusty im Schlaf mit den Pfoten zuckt. Wahrscheinlich rennt er wieder hinter dem fremden Auto vom Parkplatz her, denkt Paul. Irgendwas muss Dusty völlig durcheinandergebracht haben!

Als sie in ihre Ferienwohnung kamen, hat er auch nicht wie sonst alles abgeschnüffelt, sondern sich gleich genau vor die Tür gelegt, so dass sie jedes Mal über ihn hinwegsteigen mussten. Und sein Futter hat er auch nicht angerührt. Als hätte er die ganze Zeit auf irgendwas gewartet! Erst als sie ins Bett gegangen sind, ist er hinter Paul her und hat sich unter den Tisch gelegt …

»Glaubst du, dass ich die Kaninchen morgen mal aus dem Stall nehmen darf, um ein bisschen mit ihnen zu spielen?«, fragt Karlotta gerade.

»Klar«, antwortet Paul. »Die dicke Gertrud freut sich bestimmt, wenn ihre Kaninchen durchs ganze Haus hoppeln und die Möbel anfressen.«

»Das ist gut«, flüstert Karlotta. »Dann werden es schöne Ferien, fast wie zu Hause!«

Paul hört, wie sie sich zur Seite dreht. Gleich darauf atmet sie ganz tief und regelmäßig. Vorsichtig steigt er von seinem Bett nach unten und macht das Licht aus.

Durch das Fenster scheint der Mond ins Zimmer. Paul bückt sich zu Dusty und streichelt ihn. Und Dusty winselt leise im Traum.

»Es wird alles gut«, flüstert Paul. »Ich bin ja bei dir.«

Aber als er wieder in sein Bett kriecht, hat er fast ein schlechtes Gewissen. Bestimmt macht sich Dusty morgen früh Sorgen, wenn Paul ohne ihn verschwindet. Denn das ist der Plan, den er vorhin heimlich im Treppenhaus mit Max besprochen hat.

»Ich stell die Leiter an den Balkon und komme hochgeklettert, um dich zu holen«, hat Max gesagt. »Und dann verschwinden wir auf demselben Weg und ich zeig dir was, was du noch nie gesehen hast. Morgen früh um sechs, bevor die anderen wach sind. Aber der Hund darf nicht mit, den können wir nicht brauchen. Was ist? Bist du dabei?«

»Passt«, hat Paul geantwortet. »Morgen früh im sechs.«

Jetzt ist er sich allerdings nicht mehr ganz sicher, ob das wirklich so eine gute Idee ist. Zumal er keine Ahnung hat, was Max ihm eigentlich zeigen will. Aber wenn er kneift, hält Max ihn vielleicht für feige! Und Max ist echt klasse! Sie haben sich auf Anhieb so gut verstanden, dass sie jetzt schon fast alte Freunde sind. Außerdem sind sie zum Frühstück ja sowieso wieder zurück, versucht Paul sich zu beruhigen. Das hat Max ihm fest versprochen.

Er rennt. Aber er schafft es nicht, das Auto einzuholen. Das Auto ist zu schnell für ihn! Jetzt ist er plötzlich im Wald. Tannenzweige peitschen ihm ins Gesicht. Und einmal tritt er mit der Vorderpfote in ein Loch und überschlägt sich fast. Es ist schwierig, die Spur in dem feuchten Laub zu verfolgen. Aber er gibt nicht auf. Er weiß, dass er das kleine Mädchen einholen muss, bevor etwas passiert. Das kleine Mädchen darf nicht alleine weglaufen! Er muss sie finden.

Die große Schwester sollte auf das Mädchen aufpassen, das hat er genau verstanden. Aber dann ist der Junge gekommen und mit der Schwester verschwunden. Und jetzt rennt das kleine Mädchen hinter ihnen her und sucht sie.

Heute hat er die große Schwester gesehen. In dem Auto auf dem Parkplatz. Deshalb ist er losgerannt.

Aber jetzt sind plötzlich die Leute wieder da, die mit ihm schimpfen und mit Stöcken nach ihm schlagen. Irgendjemand packt ihn am Fell. Er schnappt nach der Hand.

»He, Dusty, bist du verrückt? Was ist los? Ich bin's! Hast du geträumt?«

Das ist Pauls Stimme! Und er hat gerade nach

Paul geschnappt. Er winselt leise, um sich zu entschuldigen.

»Ist ja gut, alles ist okay. Schlaf weiter. Ich muss nur schnell mal los, aber ich bin gleich zurück. Es dauert nicht lange, versprochen!«

Jetzt erkennt er das Zimmer. Er ist nicht im Wald, sondern mit Paul und seiner Familie irgendwo weit weg von zu Hause. Vielleicht sind sie ja doch hinter dem Auto vom Parkplatz her. Und vielleicht …

Paul legt ihm den Finger an die Schnauze. Er soll ganz still sein, schon klar. Aber warum schleicht Paul jetzt zur Tür raus, ohne ihn mitzunehmen?

Er wartet noch einen Moment mit gespitzten Ohren. Einmal hört er ein Geräusch von draußen, vor dem Fenster. Paul flüstert mit irgendjemand.

Dann ist wieder alles still.

Er steht auf und winselt ganz leise. Dann springt er zu Karlotta aufs Bett und rollt sich am Fußende zusammen. Aber gleich darauf hebt er nervös den Kopf. Und springt wieder zurück auf den Boden und drückt mit der Schnauze die Tür auf.

2. Kapitel

Es wird gerade erst hell. Zwischen den Baumstämmen hängen Nebelschwaden, irgendwo hoch oben krächzt ein Raubvogel.

Paul hat immer noch keine Ahnung, wo sie eigentlich hinwollen. Sie sind jetzt schon mindestens eine Viertelstunde unterwegs, und jedes Mal, wenn er Max fragt, wie lange es noch dauert, bekommt er dieselbe Antwort: »Wir sind gleich da.«

Plötzlich stehen sie vor einer schroffen Felswand, die mitten im Wald steil aufragt und so hoch ist, dass Paul kaum die schief gewachsenen Krüppelkiefern am oberen Rand erkennen kann.

»Nur noch da rauf, dann haben wir's!«, sagt Max und fängt an zu klettern. »Mach alles genauso wie ich!«, ruft er Paul über die Schulter zu, während er den Fuß auf eine Felskante setzt und sich mit den Händen nach oben zieht.

Paul folgt ihm, und zunächst geht es einfacher, als er gedacht hat, irgendwo gibt es immer wieder einen vorspringenden Stein oder eine schmale Spalte im

Fels, um genug Halt für den nächsten Schritt zu finden. Aber je höher sie kommen, umso anstrengender wird es, und bald spürt Paul die Muskeln in seinen Armen, und seine Finger fühlen sich taub und steif an.

Er bewundert Max ein bisschen dafür, mit welcher Leichtigkeit er Meter um Meter höher steigt, obwohl er ja auch noch dieses komische Ding auf dem Rücken trägt, das aussieht wie ein langer, schmaler Rucksack, von dem Paul nur zu gerne wissen würde, was drin ist.

Das Ding hat einen breiten Lederriemen, mit dem man es sich über die Schulter hängen kann. Und es ist olivgrün und eben nicht besonders dick, aber dafür ziemlich lang. Natürlich hat Paul auch schon danach gefragt, aber wieder nur so eine Antwort bekommen, mit der er nicht viel anfangen kann: »Wart's ab, bis es so weit ist. Du wirst es noch früh genug kapieren.«

Jetzt müssen sie schon mindestens die Hälfte der Felswand hinter sich haben, denkt Paul und überlegt gerade, wie hoch sie wohl sind, als Max ihn warnt: »Nicht nach unten gucken! Du darfst dich immer nur auf den nächsten Schritt konzentrieren, den du machen willst. Immer nur nach vorne, nie zurück.«

Paul nickt nur, ohne eine Antwort zu geben, weil

ihm plötzlich schwindlig ist und seine Knie sich anfühlen, als wären sie aus Gummi. Am liebsten würde er die Augen zumachen und sich nicht mehr von der Stelle rühren, aber dann spürt er plötzlich, wie Max ihn am Arm packt und weiterzieht. Und gleich darauf sind sie auf einem schmalen Felsvorsprung, der wie ein kleiner Pfad schräg zur Seite führt und zwischen losem Geröll verschwindet.

»Da lang!«, kommandiert Max. »Du hast es gleich geschafft.«

Paul ist sich völlig im Klaren, dass Max gemerkt haben muss, wie er eben fast in Panik geraten wäre. Aber Max verliert kein Wort darüber. Und Paul denkt, dass er wirklich so was wie ein echter Kumpel ist. Auch wenn er langsam keine Lust mehr hat, noch weiter in dieser Felswand rumzuklettern, ohne zu wissen, was das eigentlich soll!

»Da sind wir«, erklärt Max im nächsten Moment und steigt über einen letzten Steinbrocken. Direkt vor ihnen ist jetzt eine Lichtung, mit ein paar umgestürzten Bäumen und einer halb verfallenen Holzhütte, die aussieht, als würde sie schon seit hundert Jahren hier stehen. Und dahinter taucht gerade der Gipfel des Spitzbergs aus dem Nebel auf. Ganz deutlich kann Paul sogar die Schneeflecken in den Felsspalten erkennen!

»Cool«, sagt er. »Echt schön hier.«

Max nickt.

»Ich steig hier manchmal hoch, wenn sie mich alle nerven.«

»Kann ich gut verstehen. Und jetzt? Was machen wir jetzt? Du wolltest mir doch noch was anderes zeigen, oder?«

Paul schielt so offensichtlich zu dem langen, schmalen Rucksack auf Max' Schulter, dass Max grinsen muss. Aber er gibt noch immer keine Antwort, sondern geht über die Wiese zu der alten Hütte. Dann bückt er sich und zieht eine Plastiktüte hinter dem Holzstapel hervor. Immer noch ohne ein Wort zu sagen, kippt er die Tüte aus. Ein paar leere Konservendosen fallen scheppernd zu Boden. Wieder bückt sich Max und stellt eine Dose nach der anderen in einer langen Reihe auf den obersten Stamm des Holzstapels.

Grinsend kommt er zu Paul zurück. Als er jetzt den komischen Rucksack von seiner Schulter nimmt, ahnt Paul langsam, was das Ganze werden soll.

»Ist das etwa …«, stammelt er. »Heißt das, du willst jetzt …«

Max zieht die Kordel am oberen Ende auf und holt ein Gewehr aus dem Futteral.

»Ich hab doch versprochen, dass ich dir was ganz

Besonderes zeige. Also pass auf, das ist die Flinte von meinem Opa. Hast du mit so was schon mal geschossen?«

»Ich?«, fragt Paul blödsinnigerweise zurück. Aber er ist so durcheinander, dass er gerade gar nichts kapiert. »Nee, also ich meine …«

Max grinst wieder. »Dachte ich mir fast. Dann wird es aber höchste Zeit, dass du endlich lernst, wie man richtig schießt.«

»Aber wieso. Ich will doch gar nicht …«

»Ich zeig's dir. Keine Panik. Ist ganz einfach.«

Max klappt den Lauf nach unten und schiebt eine Patrone in die Kammer. Dann setzt er das Gewehr an die Schulter und zielt auf die Blechdosen. Und dann schießt er.

Eine der Dosen wirbelt hoch in die Luft und knallt scheppernd gegen die Hüttenwand.

»Und jetzt du!«, sagt Max. Er lädt das Gewehr erneut und hält es Paul hin. »Was ist? Traust du dich nicht?«

Paul merkt, wie ihm der Schweiß ausbricht. Als er antwortet, ist seine Stimme viel zu hoch. Er klingt ein bisschen wie ein kleiner Junge im Kindergarten, der Angst davor hat, dass die anderen ihn gleich auslachen. Aber das ist egal, er sagt trotzdem genau das, was er denkt.

»Ich will nicht«, stößt er hervor und schluckt heftig. »Ich finde Gewehre doof. Ich schieße nicht.«

»Hä?«, macht Max und tippt sich an die Stirn. »Ist doch nur auf Blechdosen.«

»Ich schieße trotzdem nicht«, erklärt Paul. »Und außerdem will ich jetzt wieder zurück.«

»Mann, was bist du denn für ein Typ?«, regt sich Max auf. »Ich zeig dir mein Geheimversteck und alles und du ...«

Er beendet den Satz nicht, sondern nimmt nur wütend das Gewehr wieder hoch und schießt noch mal. Diesmal trifft er daneben. Fluchend holt er eine neue Patrone aus seiner Tasche.

»Hör auf«, bittet Paul. »Lass uns abhauen. Bestimmt sind die anderen schon wach und warten auf uns.«

Als Max keine Antwort gibt, dreht er sich um und läuft alleine los. Er ist jetzt auch wütend, aber vor allem auf sich selbst!

Die ganze Aktion war völlig idiotisch. Er hätte nie einfach mitlaufen dürfen, ohne zu wissen, was Max vorhat. Und überhaupt, denkt er, dann habe ich eben keinen neuen Freund! Das ist auch nicht schlimm, ich werd's schon überleben. Zu Hause habe ich genug gute Freunde, ich brauche niemanden weiter. Außerdem sind ja auch meine Eltern noch da, und Karlotta und Dusty! Das reicht völlig.

Aber gleich darauf hält er an. Vor ihm ist das Geröllfeld. Und dahinter kommt die Felswand, an der er ja irgendwie wieder nach unten muss. Nur dass er keine Ahnung hat, wie er das hinkriegen soll. Hochklettern war schon schwierig genug, und er fürchtet sich jetzt schon davor, gleich von oben in die Tiefe blicken zu müssen …

Hinter ihm fällt wieder ein Schuss. Laut hallt das Echo von den Bergen wider. Und dann hört er eine Stimme. Aber das ist nicht Max, der da irgendwas ruft. Die Stimme kommt aus dem Wald! Und sie klingt nicht gerade so, als ob da jemand freundlich »Guten Morgen« oder so was rufen würde. Sondern da flucht jemand und ist echt sauer.

Als er sich umdreht, sieht er gerade noch, wie Max das Gewehr ins Gras wirft und wegrennt. Im nächsten Moment ist er auch schon hinter der Hütte verschwunden. Und Paul steht alleine auf der Wiese, auf der das Gewehr liegt!

Er duckt sich schnell hinter einen Felsbrocken. Sein Mund ist mit einem Mal ganz trocken. Und er hat Mühe zu schlucken. Vorsichtig schiebt er den Kopf über die obere Kante, sodass er die Wiese und den Wald dahinter überblicken kann …

Jetzt knackt es im Unterholz. Ein Tannenzweig wird zur Seite gedrückt. Ein Mann kommt zwischen den Bäumen hervor. Ein alter Mann, mit einem grauen Bart und einem hageren Gesicht, aus dem die Nase hervorragt wie der krummgebogene Schnabel eines Raubvogels.

Der Alte blickt sich fluchend um. Jeden Moment muss er die Spuren im Gras sehen, denkt Paul, und die eine Spur führt ja direkt auf den Felsen zu, hinter dem er sich versteckt!

Aber noch blickt der Alte in die andere Richtung. Zur Hütte hinüber, wo immer noch die Blechdosen auf dem Holzstapel stehen. Jetzt hat er das Gewehr entdeckt! Mit ein paar schnellen Schritten ist er da und nimmt es hoch.

Er steht mit dem Rücken zu Paul, aber Paul kann trotzdem sehen, wie er prüfend an dem Lauf riecht. Und dann geht plötzlich alles so schnell, dass Paul im ersten Moment gar nicht kapiert, was gerade passiert.

Der Alte hat irgendetwas gehört. Er beugt sich weit vor, als würde er den Waldrand auf der anderen Seite der Lichtung beobachten. Und ganz langsam setzt er das Gewehr an seine Schulter und zielt.

Jetzt sieht auch Paul die Bewegung zwischen den Bäumen. Wie ein Schatten! Und nur ganz kurz, dann ist alles wieder ruhig. Da schleicht irgendein Tier durch den Wald, denkt Paul noch, als der Schatten ein paar Meter weiter wieder auftaucht.

Der Alte folgt der Bewegung mit dem Lauf des Gewehrs. Und im selben Moment, in dem Paul das weiße Brustfell aufleuchten sieht, weiß er, wer da zwischen den Bäumen ist …

»Nein! Nicht!«, brüllt er, während er schon aufspringt und auf den Alten zurennt. »Nicht schießen! Hau ab, Dusty, lauf weg!«

Die andere Tür ist schwieriger. Er sieht, dass der Schlüssel im Schloss steckt. Alleine kann er also gar nichts machen. Für einen kurzen Moment setzt er sich auf die Hinterpfoten und starrt die Tür an. Dann fängt er an zu bellen. Erst nur leise, und auch nur zwei- oder dreimal. Weil er sich noch nicht ganz sicher ist, ob es nicht doch noch eine andere Möglichkeit gibt.

Er hört, wie sich in dem Zimmer nebenan der Vater im Bett umdreht und irgendwas murmelt. Dann ist wieder alles still. Aber er kann nicht länger warten. Er muss nach draußen und hinter Paul her!

Jetzt springt er an der Tür hoch und kratzt mit den Pfoten über das Holz. Und diesmal bellt er richtig laut. Immer wieder und wieder. Bis der Vater im Schlafanzug ankommt …

»Was ist denn los? Was soll das? Du weckst ja das ganze Haus auf! Komm weg da, ruhig, Dusty!«

Aber er kümmert sich nicht um den Vater. Er legt die Ohren zurück und knurrt die Tür an. Und bellt wieder.

»Hallo?«, ruft der Vater jetzt. »Ist da draußen jemand? – Zurück, Dusty, mach Platz.«

Er legt sich hin. Aber er hört nicht auf zu knurren.

Und es klappt! Der Vater dreht den Schlüssel und

macht vorsichtig die Tür auf. Nur einen kleinen Spalt, um hinauszusehen …

Aber im selben Moment springt er auch schon auf und quetscht sich durch den Spalt nach draußen.

»Komm sofort zurück, Dusty! Hierher!«, hört er den Vater noch rufen, dann jagt er bereits die Treppe hinunter. Und er hat Glück! Die dicke Frau, die zu dem Haus gehört, holt gerade die Brötchen von draußen rein – und die Haustür steht sperrangelweit offen! Er ist so schnell an der Frau vorbei, dass sie nur erschreckt zurückspringt und gar nicht auf die Idee kommt, ihn aufzuhalten.

Er läuft an der Hauswand entlang und hält die Nase dicht über dem Boden, bis er Pauls Spur gefunden hat und ihr quer über die Wiese zum Wald hinauf folgt.

Die Tannennadeln unter seinen Pfoten fühlen sich an wie ein weicher Teppich, und einmal rennt ein Hase direkt vor ihm über den Weg, aber er hat keine Zeit, um ihn zu verfolgen.

Pauls Spur ist ganz deutlich und da ist auch noch ein anderer Geruch. Paul ist also nicht alleine. Wenn er sich nicht täuscht, kommt der andere Geruch von dem Jungen, mit dem Paul sich gestern so lange unterhalten hat. Schon da ist ihm aufgefallen, dass der andere so ähnlich riecht wie die Kühe auf der Weide zu

Hause – die mal hinter ihm und Paul hergerannt sind, als sie unter dem Zaun hindurchgekrochen waren, um den Weg abzukürzen!

Aber wo will Paul jetzt mit dem Kuhstinker hin? Und warum hat er ihn nicht mitgenommen? Paul muss doch wissen, dass er es gar nicht mag, wenn er zu Hause bleiben soll, während Paul vielleicht irgendwas Aufregendes erlebt …

Er hat die Nase immer noch so dicht am Boden, dass er erst im letzten Moment merkt, dass der Weg plötzlich zu Ende ist. Er kann gerade noch bremsen, als direkt vor ihm die Felswand aufragt.

Er läuft ein Stück nach links und dann wieder zurück und in die andere Richtung, bis er sich sicher ist, dass die Spur den Felsen hinaufführt. Aber da kommt er nicht hoch! Der Stein ist viel zu glatt für ihn und vor allem zu steil. Trotzdem versucht er, nach oben zu springen, wo ein kleiner Riss im Felsen ist. Und er schafft es sogar, sich mit den Vorderpfoten festzukrallen, aber dann kommt er nicht weiter, hilflos kratzen seine Hinterläufe über den Felsen, ohne Halt zu finden.

Winselnd gibt er auf. Wieder läuft er unten an der Felskante entlang, hin und her, bis er plötzlich eine Idee hat. Vielleicht gibt es noch einen anderen Weg nach oben! Und wenn er den findet, findet er vielleicht auch Pauls Spur wieder. Er muss es wenigstens versuchen …

Mit großen Sprüngen jagt er los. Ein paarmal muss er über einen umgestürzten Baumstamm klettern, und die Zweige piksen durch sein Fell hindurch, dann kommt ein Stück, das aus lauter losen Steinbrocken besteht, die unter seinen Pfoten wackeln und kippeln. Aber er findet eine schmale Felsrinne, in der er gut nach oben steigen kann, auch wenn der Boden hier matschig ist, sodass er immer wieder wegrutscht. Trotzdem kommt er mit jedem Schritt höher, und gerade als er denkt, dass er es gleich geschafft hat, hört er den peitschenden Knall, der von allen Seiten widerzuhallen scheint!

Erschreckt duckt er sich zusammen und wartet einen Moment. Als der zweite Knall die Stille zerreißt, kann er die Richtung ausmachen, bevor das Echo ihn wieder täuscht. Der Knall kam aus dem Wald, schräg über ihm. Und er ist noch kaum über die nächsten Steine geklettert, als ein Windstoß ihm den Geruch nach Menschen zuweht. Witternd hebt er die Nase. Irgendwo da drüben muss auch Paul sein!

Wieder versperrt ihm ein umgestürzter Baum den Weg, aber der Spalt darunter ist groß genug, um hindurchzukriechen. Und dann ist er wieder im Wald, und wieder peitscht ein Knall über die Felsen, ganz kurz meint er plötzlich, Pauls Stimme zu hören, aber irgendetwas hält ihn davon ab, sofort loszupreschen. Stattdessen schleicht er vorsichtig weiter, bis er zwischen den Bäumen hindurch eine Wiese erkennen kann. Nur Paul ist nirgends zu sehen. Und auch der Kuhjunge ist nicht da. Dafür steht ein fremder Mann auf der Wiese, der irgendetwas in der Hand hält, womit er direkt auf ihn zeigt. Wie einen Stock oder ein glänzendes Rohr …

Gleich darauf hört er Paul plötzlich laut brüllen. Aber er kann nicht verstehen, was er ruft. Und dann sieht er, wie Paul auf den Mann zurennt. Er muss Paul helfen, klar! Er spannt die Muskeln an und springt mit einem Satz zwischen den Zweigen hervor auf die Wiese.

3. Kapitel

Paul würde am liebsten heulen. Oder irgendwas kaputt machen! Er ist gleichzeitig traurig und stinksauer. Wütend!

Er hockt jetzt schon seit einer Stunde hinter dem Hühnerstall und starrt zum Haus hinüber. Wo sie sich alle einig sind, dass er ihnen den Urlaub gründlich verdorben hätte, noch bevor er überhaupt richtig angefangen hat. Sogar Karlotta hat gesagt: »Du bist doof. Und ich habe keine Lust mehr, noch länger deine kleine Schwester zu sein. Nur wegen dir wäre Dusty fast erschossen worden!«

Aber das Schlimmste ist, dass sie sogar recht hat. Und es hilft überhaupt nichts, sich immer wieder zu sagen, dass eigentlich Max an allem schuld ist. Paul weiß selber, dass das nicht stimmt. Klar, es war Max, der heimlich das Gewehr von seinem Großvater aus dem Schrank geholt hat. Um vor Paul ein bisschen damit anzugeben, wie gut er schießen kann. Aber Paul hätte ja nicht mitzulatschen brauchen wie der letzte Doofmann, ohne die geringste Ahnung zu haben, was Max vorhat. Er kannte Max ja noch gar nicht richtig. Und wenn er ehrlich ist, muss er zugeben, dass er sich selber auch nur wichtig machen wollte. Damit Max denkt, dass er ein echt cooler Typ wäre, der vor nichts Angst hat.

Aber vor allem hätte er Dusty nicht allein zurücklassen dürfen. Es war ja vollkommen klar, dass Dusty nach der Sache auf dem Parkplatz sowieso schon irgendwie durcheinander war. Und außerdem sind sie nicht zu Hause, sondern weit weg, wo sich Dusty nicht auskennt und alles fremd für ihn ist. Weshalb er damit hätte rechnen müssen, dass Dusty versuchen würde, ihm zu folgen. Das Problem ist ja, dass man einem Hund nun mal nicht erklären kann, was eigentlich los ist. Dass es ganz normal ist, in den Ferien wegzufahren, weil man ja wieder zurückfährt. Und dass der Hund deshalb auch keine Angst haben muss! Oder dass man ihn bestimmt nicht vergisst, auch wenn man mal kurz ohne ihn verschwindet …

Gerade sieht er, wie Karlotta aus dem Haus kommt und zum Auto läuft. Ohne sich auch nur einmal umzublicken, ob sie ihn irgendwo entdeckt. Gleich darauf erscheinen auch seine Eltern. Peter hat Dusty an der Leine und passt genau auf, dass er auch wirklich hinten in den Passat springt, bevor er die Klappe zumacht und selber einsteigt.

Nur Simone wartet noch einen Moment und blickt suchend in seine Richtung. Fast als würde sie ahnen, wo er steckt. Schnell zieht er den Kopf zurück und drückt sich dicht an die Holzwand.

»Paul!«, hört er Simone rufen. »Wir fahren jetzt los und gucken uns das Dorf an. In einer Stunde sind wir zurück. Ich hoffe, dass du bis dahin genug Zeit hattest, um einzusehen, was für einen Mist du gebaut hast.«

Paul rührt sich nicht. Und im nächsten Moment knallen auch schon die Türen zu und der Motor springt an. Als Paul vorsichtig um die Ecke blickt, sieht er den Passat gerade noch auf dem Waldweg verschwinden.

Sie fahren also tatsächlich ohne ihn, denkt er. Sie wollen ihm unbedingt zeigen, wie empört sie sind. Aber vielleicht hätte er sie vorhin auch nicht anbrüllen sollen.

»Ich hasse euch!«, hat er gerufen, bevor er aus der Wohnung gerannt ist und sich hinter dem Hühnerstall versteckt hat. Er war doch selber völlig fertig nach dem, was passiert war. Und er hat einfach nicht kapiert, warum sie alle nur mit ihm geschimpft haben. Natürlich hatten sie sich Sorgen gemacht, als sie festgestellt hatten, dass er gar nicht in seinem Zimmer war. Also sind sie los und haben ihn gesucht. Ihn und Dusty, der hinter ihm hergelaufen war. Und im Wald ist ihnen dann Max entgegengekommen und hat die ganze Zeit geheult. Weil er nämlich noch einen Schuss gehört hat, nachdem er weggerannt war. Er hatte keine Ahnung gehabt, dass Dusty in der Nähe gewesen war, und deshalb gedacht, dass sein Großvater vielleicht auf Paul geschossen hätte! Und genau das hat er dann auch Pauls Eltern erzählt …

Inzwischen weiß Paul, dass Max und sein Großvater öfter zusammen da oben waren, um schießen zu üben. Heimlich, weil Max' Mutter nichts davon wissen sollte. Und natürlich hatte der Großvater Max auch streng verboten, sich alleine das Gewehr zu nehmen. Deshalb hat Max ja auch die totale Panik gekriegt, als der Großvater plötzlich aufgetaucht ist und ihn fast erwischt hätte. Wobei es ziemlich feige gewesen ist, dann einfach abzuhauen, denkt Max. Feige und gemein. Paul hat nämlich inzwischen den Verdacht, dass Max vielleicht sogar vorhatte, hinterher alles auf ihn zu schieben und so zu tun, als wäre er nie dabei gewesen …

Ganz deutlich hat er plötzlich wieder die Bilder vor Augen, als der Alte auf Dusty gezielt hat. Und wie er selber über die Wiese auf ihn zugerannt ist und die ganze Zeit geschrien hat. Wie der Alte in letzter Sekunde das Gewehr abgesetzt und wieder zu fluchen angefangen hat. Wie Dusty winselnd auf dem Bauch angekrochen gekommen ist. Und wie der Alte dann doch noch geschossen hat! Aber zum Glück nur in die Luft, als wollte er Paul noch mal einen ordentlichen Schreck einjagen.

»Kapierst du es jetzt, du Saubub?«, hat er zu Paul gesagt. »Ein Gewehr ist kein Spielzeug!«

Es war schon klar, was er meinte. Und Paul hat ja auch von Anfang an gar nicht schießen wollen. Allerdings will es ihm auch ganz und gar nicht einleuchten, warum der Alte dann überhaupt mit Max schießen übt!

So was Ähnliches hat später auch sein Vater gesagt. Und Simone hat hinzugesetzt: »Die Geister, die ich rief, die werd ich nun nicht los.«

»Was heißt das?«, hat Karlotta wissen wollen.

»Dass der Großvater selbst schuld ist, wenn sein Enkel auf dumme Gedanken kommt. Aber von dir hätte ich tatsächlich ein bisschen mehr Verstand erwartet«, hat sie sich gleich darauf an Paul gewandt und nur den Kopf geschüttelt, als wollte sie immer noch nicht glauben, was passiert war.

Es ist unfair, denkt Paul jetzt zum mindestens hundertsten Mal, und der Urlaub ist sowieso im Eimer!

Er holt sein Handy aus der Tasche und tippt eine

Nachricht für Alex. Seine Freundin, zu Hause in Neuenburg.

HIER IST ALLES DOOF, schreibt er. WIE IST ES BEI DIR? VIELLEICHT HAUE ICH AB UND KOMME ZURÜCK. PAUL.

Aber dann löscht er die Nachricht wieder, ohne sie abzuschicken. Er schiebt das Handy zurück in seine Jeans und steht auf. Und plötzlich weiß er, was er machen wird. So weit ist der Weg bis zum Dorf nicht. Das kann er gut zu Fuß schaffen. Und weil das Dorf auch nicht besonders groß ist, sollte es kein Problem sein, seine Eltern zu finden. Dann kann er ihnen vielleicht noch mal in aller Ruhe erklären, dass er selber ja auch blöd findet, was passiert ist. Saublöd sogar! Und er kapiert ja auch, dass sie sich total erschreckt haben und deshalb so sauer auf ihn waren. Genauso wie er auf sie. Aber es ist nicht schön, wenn sie Streit miteinander haben. Und deshalb wird er sich jetzt einfach entschuldigen und hoffen, dass sie sich wieder vertragen.

Als er auf dem Fahrweg durch den Wald läuft, hat er fast schon wieder gute Laune. Seine Eltern werden ganz schön staunen, wenn er plötzlich vor ihnen steht! Karlotta wird sich auch freuen. Und Dusty sowieso. Aber dann kommt doch alles ganz anders, als er es sich vorgestellt hat …

Zuerst sieht er Max. Auf der Kuhweide zwischen dem Wald und dem Dorf. Max ist gerade dabei, die Kühe in den Stall zu treiben. Als er Paul erkennt, guckt er schnell weg. Paul überlegt kurz, ob er gleich jetzt mit ihm reden soll. Denn miteinander reden müssen sie, das ist klar. Aber dann weiß er nicht genau, was er eigentlich zu Max sagen soll …

»He, du Blödmann! Wegen dir wäre fast unser Hund erschossen worden. Und außerdem war es feige von dir, einfach wegzurennen und mich alleine mit dem blöden Gewehr auf der Wiese stehen zu lassen!«

Paul merkt, wie er wieder sauer wird. Eigentlich hätte Max auch ruhig schon mal kommen können, um sich wenigstens zu entschuldigen, denkt er. Andererseits hat Max ja auch jede Menge Ärger bekommen, und wahrscheinlich wünscht er sich längst, dass er Paul nie getroffen hätte.

Paul ist gerade an dem Kuhstall vorbei und will auf die Straße zum Dorf abbiegen, als er hört, wie Max seinen Namen ruft. Gleich darauf sieht er aus den Augenwinkeln, wie Max zum Zaun gerannt kommt.

»He, warte doch mal!«

»Ja?«

»Es tut mir leid, echt. Ich hab das nicht gewollt, wirklich nicht. Ich wollte nur ein bisschen …«

Max zieht die Schultern hoch und starrt auf seine schlammbespritzten Gummistiefel.

»Angeben?«, fragt Paul. »Weil du gedacht hast, wenn der Doofmann aus der Stadt kommt, dann zeige ich dem mal, was ich alles draufhabe?«

»So ungefähr, ja.«

»Dumm gelaufen, würde ich sagen.«

»Und wir können nicht vielleicht doch … einfach Freunde sein?«

»Weiß ich noch nicht. Muss ich erst noch mal drüber nachdenken.«

»Willst du vielleicht mein kleines Kalb sehen? Wenn du mit zum Stall kommst, zeige ich es dir! Ich ziehe es mit der Flasche auf, weil die Mutter bei der Geburt gestorben ist. Und im Moment ist es ein bisschen krank und ich mache mir echt Sorgen. Aber du kannst es dir trotzdem angucken …«

Paul gibt keine Antwort. Er zieht nur die Schultern hoch und läuft einfach weiter. Max soll ruhig merken, dass er immer noch sauer ist. Obwohl er es gut findet, dass Max sich getraut hat, überhaupt etwas zu sagen. Vielleicht können sie ja wirklich noch einen zweiten Versuch starten. Aber diesmal wird er besser aufpassen und nicht gleich jeden Quatsch mitmachen. Wenn überhaupt! Vielleicht hat er ja auch gar keine Zeit, weil er mit seinen Eltern und Karlotta auf alle Berge in der Umgebung wandern muss. Und mit Dusty natürlich, den er keine Minute länger mehr allein lassen will.

Zehn Minuten später ist er im Dorf. Bei Tageslicht sehen die Häuser gleich viel freundlicher aus als gestern Abend. An jedem Haus gibt es mindestens einen Balkon, auf dem rote Geranien blühen. Und überall auf den Wänden sind große Gemälde, meistens irgendwelche Berglandschaften, mit Gämsen, die ganz weit vorne auf schmalen Felsvorsprüngen stehen, oder auch mit riesigen Hirschen, die stolz ihr Geweih zeigen. Auf eine Fassade ist ein Skiläufer gemalt, der geradewegs aus einem Fenster heraus auf die Straße zu fahren scheint. Und der Skiläufer hat kurze Lederhosen an!

Ein Stück weiter entdeckt Paul ein kleines Eiscafé, mit Tischen auf dem Fußweg, an denen ein paar Leute in der warmen Frühjahrssonne sitzen. Und gleich daneben parkt der Passat.

Als Paul sich suchend umblickt, sieht er seine Eltern mit Karlotta und Dusty auf der anderen Straßenseite stehen. Vor einem Schaufenster mit geschnitzten Holzfiguren hinter der Scheibe, die bunt bemalt sind und so groß, dass sie fast wie echt wirken.

Jetzt gehen sie alle zusammen in den Laden. Als

Dusty an der Treppenstufe sein Bein hebt, zieht Peter ihn schnell mit sich durch die Tür.

Paul holt sein Portemonnaie aus der Tasche und zählt sein Geld nach. Wenn er für jeden nur eine Kugel kauft, müsste es reichen! Er grinst, als er sich vorstellt, wie seine Familie aus dem Laden kommt und ihn vor dem Eiscafé sitzen sieht.

»Setzt euch. Ich habe schon bestellt«, wird er einfach nur sagen. »Schoko für Peter, Kirsche für Simone und Himbeer für Karlotta. Ich hoffe, dass das richtig war.«

Und für sich selber wird er Waldmeister nehmen!

Er sucht sich einen freien Tisch und setzt sich. Als der Kellner kommt, gibt er seine Bestellung auf, setzt aber gleich hinzu: »Können Sie mir das bitte erst bringen, wenn meine Eltern und meine kleine Schwester da sind? Es soll nämlich eine Überraschung werden!«

Als der Kellner nickt und wieder verschwindet, lehnt sich Paul zufrieden zurück. Erst dann kriegt er mit, dass am Nebentisch ein Mädchen sitzt, die natürlich alles gehört hat. Und sich jetzt neugierig vorbeugt und fragt: »Wartest du etwa auch auf deine Eltern?«

»Ja, und du?«, fragt er zurück und denkt im selben Moment, dass seine Frage ziemlich blöd war. Weil sie genau das ja gerade gesagt hat. Hoffentlich denkt sie jetzt nicht, dass er vielleicht ein bisschen lahm in der Birne ist!

»Bist du hier aus dem Dorf?«, schiebt er schnell nach.

»Was? Seh ich so aus?«, fragt das Mädchen beinahe empört.

»Nee, gar nicht«, stammelt Paul schnell und merkt, wie er rot wird.

Das Mädchen gefällt ihm eigentlich ganz gut, aber irgendwie klappt es nicht so richtig mit ihrer Unterhaltung.

»Und du?«, will sie jetzt wissen.

»Habe ich kurze Lederhosen an?«, fragt Paul und bemüht sich, möglichst genauso empört zu klingen wie sie eben.

Das Mädchen lacht und wirft sich die langen blonden Haare über die Schulter. »Eins zu null für dich! – Ich bin übrigens Anna. Aus Berlin. Und du?«

»Paul. Auch aus Berlin.«

Das stimmt zwar nicht ganz, weil er ja in Wirklichkeit aus Neuenburg kommt, aber zumindest früher haben sie mal in Berlin gewohnt. Und seine Oma lebt immer noch da! Wenn Anna ihn jetzt fragt, wo genau er in Berlin wohnt, kann er einfach die Adresse von seiner Oma sagen …

Aber sie fragt nicht. Sie sagt nur: »Cool! Dann findest du es hier wahrscheinlich genauso langweilig wie ich.«

»Aber voll«, behauptet Paul schnell. »Obwohl wir gestern erst angekommen sind, aber es reicht mir schon jetzt. Außerdem hätten sie heute Morgen fast unseren Hund erschossen«, redet er dann plötzlich drauflos, als ob er irgendwelche Laberpillen eingeworfen hätte. »Meinen Hund, Dusty! Der total schlau ist, so ungefähr der schlauste Hund, den es gibt …«

Und dann erzählt er erst mal die ganze Geschichte. Wobei er ein paar Stellen noch ein bisschen ausschmückt, damit es spannender wird. Sodass es bei ihm dann damit endet, dass er selber dem Großvater das Gewehr aus der Hand geschlagen hat und Dusty wie ein Blitz aus dem Gebüsch gekommen ist, um den Großvater zu packen.

»Ist ja klar, weil er gedacht hat, der Alte wollte mir irgendwas tun, verstehst du? Und Dusty würde mich immer verteidigen, ich sag's ja, er ist der beste Hund, den du dir vorstellen kannst!«

Irgendwie hat er fest damit gerechnet, dass Anna jetzt wieder »cool« sagt und echt beeindruckt von seiner Geschichte ist, aber stattdessen starrt sie nur auf den leeren Eisbecher vor sich.

»Was ist los?«, fragt Paul irritiert.

»Ich mag Hunde nicht besonders, das ist alles«, antwortet Anna leise.

»Klar«, beeilt sich Paul zu sagen. »Kann ich gut verstehen! Es gibt ja auch jede Menge blöder Köter, die ich auch nicht ausstehen kann. So krummbeinige Sabbermonster oder so was, oder welche, die aussehen wie eine dicke Wurst mit vier Stöcken unten dran! Aber du kennst Dusty noch nicht! Der ist total anders, wart's ab, wenn er gleich kommt, wirst du ihn bestimmt richtig gut finden.«

Anna zuckt nur mit den Schultern und scheint nicht überzeugt zu sein. Aber Paul ist sich sicher, dass sie Dusty mögen wird …

Genau in diesem Moment erscheinen seine Eltern wieder auf der Straße.

»Da kommt er!«, sagt Paul zu Anna. »Da drüben vor dem Laden, siehst du? Das ist mein Hund!« Er springt auf und wedelt mit den Armen. »Hier bin ich!«, ruft er seinen Eltern zu.

Peter und Simone sind so überrascht, dass sie fröhlich zurückwinken, als wären sie nie sauer auf ihn gewesen. Und Karlotta ruft: »Paul! Paul! Ich hab was ganz Tolles gekriegt und wir haben auch was für dich gekauft!«

Paul wartet, bis sie alle über die Straße sind,

dann pfeift er und breitet die Arme aus. »Hierher, Dusty!«

Sein Vater hat noch kaum die Leine losgemacht, als der Hund auch schon auf Paul zuprescht. Aber plötzlich hebt er mitten im Laufen die Nase und bleibt stehen. Gleich darauf fängt er an zu winseln.

»Was ist? Was hast du, Dusty?«, ruft Paul und kapiert überhaupt nichts. »Komm her, es ist alles okay! Ich will dir jemanden vorstellen …«

Jetzt bellt Dusty! Aber er wedelt dabei mit dem Schwanz und trappelt mit den Vorderpfoten, dass es fast so aussieht, als würde er tanzen. Dann rennt er wieder los. Aber nicht zu Paul, sondern zwischen den Tischen hindurch und genau auf Anna zu.

Anna wird kreidebleich und springt auf. »Nicht! Weg! Hau ab!«

Ihr Stuhl stürzt um. Dusty bellt und versucht, an ihr hochzuspringen. Als Anna zurückweicht, stößt sie mit dem Kellner zusammen, der gerade das Eis für Pauls Familie bringt. Das Tablett rutscht ihm aus der Hand, das Eis fliegt in hohem Bogen durch die Luft, die Leute an den anderen Tischen springen jetzt ebenfalls auf, und alle rufen und schreien durcheinander. Paul stürzt sich mitten in das Chaos, packt Dusty am Halsband und zieht ihn von Anna weg.

Aber Dusty zerrt mit aller Kraft und hört nicht auf zu bellen, und Paul schafft es kaum, ihn festzuhalten und an sich zu drücken. Als er wieder hochblickt, ist Anna verschwunden.

Er merkt die ganze Zeit, dass irgendetwas nicht stimmt. Sie haben sich mit Paul gestritten. Und Paul hat sie angeschrien und ist weggerannt. Es hat etwas mit dem alten Mann auf dem Berg zu tun. Aber er weiß nicht genau, worum es geht. Nur dass er den Alten mit dem Gewehr nicht mag.

Und dann fahren sie ohne Paul zum Dorf!

Aber jedes Mal, wenn er an einem Laternenpfahl stehen bleiben will, zerrt der Vater ihn weiter. Obwohl es jede Menge Nachrichten gibt, die er markieren müsste. Damit die fremden Hunde wissen, dass er da war. Und wenn er selber weiterlaufen will, bleiben sie unter Garantie vor irgendeinem Schaufenster stehen. Bis es ihm zu langweilig wird und er sich umblickt, ob es nicht irgendwo einen Stock gibt, mit dem sie spielen können. Vor dem nächsten Laden hat er auch Glück. Da steht sogar eine ganze Kiste mit Stöcken! Schöne Stöcke, die ganz glatt poliert sind und an dem einen Ende krummgebogen, sodass man sie bestimmt gut mit den Zähnen packen kann.

Er wartet, bis der Vater ganz dicht neben der Kiste ist und für einen Moment nicht aufpasst, weil Karlotta irgendwas ruft. Schnell stellt er die Vorderpfoten auf den oberen Rand und schnappt zu. Aber der Stock steckt fest, und als er an ihm zerrt, fällt plötzlich die ganze Kiste um. Erschrocken springt er zurück und der Vater fängt an zu schimpfen. Aber jetzt liegen die Stöcke ja direkt vor ihm auf dem Fußweg, und er kann einfach nicht anders, er muss sich einen schnappen.

Er hat ihn noch kaum zwischen den Zähnen, als der Vater zugreift, um ihn ihm wieder wegzunehmen. Aber das Spiel kennt er, das macht Paul auch manchmal mit ihm. Er lässt nicht los, und er knurrt und zerrt, und der Vater lässt auch nicht los! Das macht Spaß! Er hört, wie Karlotta ruft: »Nicht aufgeben, Dusty, zeig Papa, wer der Stärkere ist!« Jetzt stemmt er die Vorderpfoten auf den Boden und ruckt mit dem Kopf, aber der Vater ist ganz schön kräftig und will den Stock immer noch haben. Also zerren sie weiter hin und her. Und dann knackt es plötzlich und sie haben zwei Stöcke.

Eine Frau kommt aus dem Laden und schimpft. Die Mutter räumt die Stöcke wieder in die Kiste. Der Vater drückt der Frau aus dem Laden einen Geldschein in die Hand. Und die Einzige, die nicht sauer zu sein scheint, ist Karlotta.

Sie streichelt ihn und sagt: »Das hast du ganz toll gemacht, Dusty. Aber die Stöcke aus dem Laden taugen nichts, das ist nicht deine Schuld, dass sie gleich kaputtgehen.«

Als sie weitergehen, nimmt der Vater die Leine so kurz, dass er ganz dicht neben ihm bleiben muss. Und bei jedem zweiten Schritt mit dem Kopf gegen seine Knie stößt!

Aber dann kommen sie zu einem Laden, bei dem ein Mann im Schaufenster steht, der ein kleines Kind auf dem Arm trägt. Der Mann sieht irgendwie gefährlich aus und er hat genau so einen Bart wie der Alte mit dem Gewehr.

Er knurrt den Mann hinter der Scheibe an. Aber der Mann bewegt sich nicht. Und erst als sie in den Laden reingehen, kapiert er, dass der Mann gar nicht echt ist, sondern aus bunt bemaltem Holz. Und der große Hirsch, der mitten im Laden steht, riecht auch nur nach Holz und Farbe. Trotzdem mag er den Laden nicht, und er ist froh, als sie endlich wieder nach draußen kommen.

Und plötzlich hört er Pauls Stimme. Paul ist da! Und er ruft ihnen etwas zu und winkt mit den Armen.

Der Vater macht die Leine los, damit er zu Paul rennen kann. Und ihm genau in die Arme springen, so wie sie sich immer begrüßen, wenn sie sich lange nicht gesehen haben. Aber gerade als er schon fast bei Paul ist, weht ihm ein Geruch in die Nase, den er kennt. Und dann entdeckt er auch das Mädchen! Das Mädchen von früher, das er auf dem Parkplatz schon gesehen hat.

Vor Freude klopft sein Herz wie wild, er rennt an Paul vorbei und will an dem Mädchen hochspringen, um ihm das Gesicht abzulecken. Aber das Mädchen kreischt und rennt weg, und bevor er hinter ihr herkann, hat Paul ihn auch schon am Halsband gepackt und hält ihn fest.

Er weiß nicht, warum die Leute um ihn herum alle laut durcheinanderrufen und sich aufregen. Und er weiß auch nicht, warum das Mädchen vor ihm weggelaufen ist! Fast so als hätte sie Angst vor ihm gehabt. Aber sie muss ihn doch erkannt haben! Sie muss doch wissen, wer er ist …

Auch Paul ist ganz komisch. Und schimpft mit ihm! Genauso wie der Vater. Und dann packen sie ihn und ziehen ihn mit sich zum Auto, egal wie sehr er sich sträubt.

Als sie losfahren, presst er den Kopf ganz dicht an die Scheibe, aber das Mädchen kann er nirgends mehr sehen. Und in dem fremden Haus, in dem sie gerade wohnen, schicken sie ihn sofort auf seine Decke, als hätte er irgendwas falsch gemacht.

Er hört, wie sie erst über ihn reden, aber dann kommt sein Name nicht mehr vor. Er drückt die Schnauze in das Fell auf seiner Brust und macht die Augen zu. Fast sofort sieht er wieder das Mädchen vor sich. Und wie sie vor ihm wegrennt. Seine Pfoten fan-

gen an zu zucken, und er bellt leise, um sie zurückzuhalten.

Irgendwann merkt er, dass Paul neben ihm hockt und ihn streichelt. Er hebt kurz den Kopf, um Paul über die Hand zu lecken, aber er ist plötzlich so müde, dass er kaum die Augen offen halten kann …

Als er wieder wach wird, liegt Karlotta in ihrem Bett und atmet tief und fest. Aber Paul ist nicht im Zimmer! Er steht auf und streckt sich. Dann drückt er sich durch die halb offene Tür ins Zimmer nebenan. Der Fernseher läuft und macht jede Menge Krach. Aber auf dem Sofa sitzt niemand, um auf die flackernden Bilder zu starren. Er dreht eine Runde durch die Wohnung, bis er sich sicher ist, dass Paul und seine Mutter nicht da sind. Nur der Vater ist im Bad und putzt sich die Zähne, während er die Tür zum Balkon aufgemacht hat, um frische Luft reinzulassen …

4. Kapitel

Paul und seine Mutter sitzen jetzt schon seit mindestens einer Stunde auf dem Sofa bei Max' Großvater. Und inzwischen sieht es auch nicht mehr so aus, als ob der Großvater gleich sein Gewehr aus dem Schrank holen wollte, um Paul und seine Mutter in die ewigen Jagdgründe zu befördern.

Obwohl Paul zugeben muss, dass er selber es wahrscheinlich auch nicht witzig gefunden hätte, wenn er sich gerade einen schönen Abend machen wollte und plötzlich eine Frau in der Tür steht, die sagt: »So geht das nicht. Wir müssen reden!«

Aber genauso war es! Und die Frau war natürlich seine Mutter. Die gar nicht erst abgewartet hat, ob der Großvater sie überhaupt reinlassen will. Sondern ihn mehr oder weniger zur Seite geschoben hat und einfach an ihm vorbei in sein Wohnzimmer marschiert ist! Und Paul immer hinter ihr her, weil es ja irgendwie auch um ihn ging. Und um die Sache auf dem Berg …

Genauso hat Simone es auch vorher gesagt. Als sie

noch oben in ihrer Ferienwohnung saßen und hin und her überlegt haben, was eigentlich mit Dusty los war. Und warum er nun schon zum zweiten Mal völlig durchgedreht war, ohne dass sie den Grund dafür wussten. Die einzige Idee, die sie hatten, war, dass er sich bei dem Mädchen im Eiscafé vielleicht geirrt und sie mit irgendjemandem verwechselt hatte. Aber mit wem? Und was war auf dem Parkplatz an der Autobahn los gewesen? Hatte er da auch jemanden gesehen und gedacht, dass er ihn kennt?

Trotz aller Aufregung war Paul eigentlich ganz froh gewesen, dass seine Eltern zumindest im Moment gar nicht mehr daran dachten, noch mal mit ihm zu schimpfen, weil er morgens heimlich mit Max abgehauen war. Und er hatte schon fast die Hoffnung, dass das Ganze inzwischen vergessen wäre.

Bis seine Mutter plötzlich gesagt hat: »Wir müssen sehen, was wir mit Dusty machen. Auf jeden Fall ist ja wohl klar, dass wir ihn keine Minute mehr alleine lassen können. Aber es gibt noch was anderes, das dringend geklärt werden muss! Und Paul weiß auch genau, was ich meine. Glaub bloß nicht, dass ich die Sache auf dem Berg vergessen hätte!« Und bevor er noch irgendwas erwidern konnte, hat sie schon weitergeredet: »Ich denke, wir sind uns einig darüber, dass so etwas nicht noch mal passieren darf. Aber mir ist auch klar, dass du da in was reingeschlittert bist, womit du selber nicht gerechnet hast. Nur dass es zu einfach wäre, alle Schuld auf deinen neuen Freund Max zu schieben. Wenn hier einer Schuld hat, dann ist es jemand ganz anderes. Und genau den gehen wir jetzt besuchen!«

»Was?«, hat Paul gefragt und gar nichts verstanden.

Aber sein Vater war schneller. »Warte mal, Simone! Das ist etwas, das uns nichts angeht, da sollten wir uns schön raushalten. Wir sind schließlich nur Gäste hier! Und du kannst doch nicht einfach …«

»Doch, kann ich«, hat Simone ihn unterbrochen. »Und ich finde sehr wohl, dass wir uns da einmischen sollten. Heute ist es gerade so eben noch gut gegangen, aber beim nächsten Mal wird vielleicht jemand verletzt oder Schlimmeres. Das will ich diesem Großvater wenigstens sagen. Und Paul kommt mit, schließlich war er ja dabei, und es ist sein Hund, der fast erschossen worden wäre!«

Und dann sind Paul und seine Mutter zu dem Großvater rüber. Und Simone hat so ungefähr eine Viertelstunde auf ihn eingeredet! Dass sie es unverantwortlich von ihm findet, Max erst zu zeigen, wie man mit einem Gewehr umgeht, und das Gewehr dann noch nicht mal ordentlich wegzuschließen! Und überhaupt, dass sie nicht wüsste, was das für Erziehungsmethoden sein sollen, jemandem Schießen beizubringen, der noch viel zu jung dafür ist und gar nicht kapiert, wie gefährlich das ist, sondern das Ganze für einen großen Spaß hält! Und immer so weiter, bis sie schließlich gesagt hat: »Ich hoffe, ich habe mich klar ausgedrückt. Und vielleicht denken Sie ja mal darüber nach, was ich Ihnen gerade erklärt habe.«

Aber sie war mit Sicherheit genauso überrascht wie Paul, als der Großvater ihr die Hand hingestreckt und geantwortet hat: »Sie haben mein Wort darauf. Schluss mit der Schießerei für Max. Das Gewehr kommt in den Schrank. Und den Schlüssel stecke ich gut weg.«

»Und Sie reden auch noch mal mit Ihrem Enkel darüber?«

»Sowieso.«

»Gut.«

Simone wollte gerade aufstehen, um wieder zu gehen, als der Großvater gesagt hat: »Haben Sie noch einen Moment Zeit? Dann würde ich Ihnen gerne etwas zeigen. Sie kommen ja aus der Stadt und können sich bestimmt nicht vorstellen, wie das Leben hier früher so war …«

Jetzt sind sie bei dem dritten oder vierten Fotoalbum, das der Großvater angeschleppt hat. Normalerweise findet Paul es immer ein bisschen langweilig, sich irgendwelche Fotos anzusehen, zumindest wenn er nicht selber auf den Bildern ist, und auch sonst niemand, den er kennt. Aber heute ist es anders. Nicht nur weil die meisten Bilder uralt sind, sondern vor allem weil der Großvater zu fast jedem Foto eine Geschichte erzählen kann. Und die Geschichten sind spannend! Wie sie früher im Winter alles noch mit großen Lastschlitten transportiert haben, mit Pferden davor, die manchmal bis zum Bauch im Schnee versunken sind. Und wie die Pferde einmal, als sie schon fast im Dorf waren, durchgegangen sind und der Schlitten mit dem Großvater drauf ins Schleudern gekommen ist und erst einen Zaun plattgewalzt hat und dann voll in ein Haus gekracht ist. Wo die Leute gerade beim Abendessen saßen, als der Großvater kopfüber durch die Fensterscheibe geflogen kam! Der Großvater zeigt ihnen sogar die Narbe, die er immer noch auf der Stirn hat.

Aber richtig spannend wird es erst, als er davon erzählt, was er als Bergsteiger alles erlebt hat. Und wie gefährlich es in den Bergen auch im Sommer werden kann, wenn eben noch die Sonne scheint und im nächsten Moment vor lauter Nebel der Weg nicht mehr zu erkennen ist. Sogar er selber ist schon mal zwei Stunden im Kreis umhergeirrt, ohne es zu merken, bis er wieder genau da stand, wo er losgelaufen war. Manchmal schneit es auch mitten im Sommer, erzählt er weiter, oder es wird plötzlich so kalt, dass einem die Füße in den Schuhen erfrieren können, und die Finger und die Nase natürlich sowieso …

»Sowieso«, sagt Simone und kann den Großvater gerade noch stoppen, bevor er die Schuhe auszieht, um ihnen seine erfrorenen Zehen zu zeigen. »Aber wir wollen ja auch gar nicht hoch in die Berge, wir wollen nur ein bisschen wandern.«

Im gleichen Moment rummst es plötzlich genau über ihnen. Als wäre irgendwas oben aufs Dach geknallt. Und gleich darauf meint Paul auch, Schritte zu hören, die schnell über das Dach davonlaufen. Aber der Großvater zuckt nur mit den Schultern, als wäre er so was schon gewöhnt.

»Wahrscheinlich nur unser Kater«, sagt er. »Einmal war sogar der Fuchs schon oben, um von da zum Hühnerstall zu kommen. Aber wir haben jetzt ein Drahtgitter über den Stall gelegt, da hat er keine Chance mehr. Dabei fällt mir übrigens gerade ein, wie mir mal ein Fuchs fast den Finger abgebissen hätte …«

»Es tut uns leid, wirklich«, unterbricht ihn Simone schnell. »Aber wir müssen jetzt ins Bett! Mein Mann und meine Tochter warten bestimmt schon. Vielen Dank für die schönen Geschichten, wir sehen uns ja in den nächsten Tagen sicher noch mal.«

Paul wäre zwar gerne noch geblieben, um die Geschichte mit dem Fuchs zu Ende zu hören, aber seine Mutter zieht ihn einfach mit sich. Und kaum sind sie zur Tür raus, flüstert sie ihm leise zu: »Ich fürchte, man kann dem Großvater nicht unbedingt alles glauben, was er so erzählt. Und wer weiß, was ihm noch so alles eingefallen wäre, wenn wir geblieben wären. Aber versprich mir, dass du Karlotta nichts von diesem Unsinn erzählst, hörst du?«

»Schade«, meint Paul, »ich glaube, sie fände die Geschichten ziemlich gut.«

»Eben«, sagt Simone. »Deshalb ja.«

Aber als Paul dann hinter seiner Mutter her zu ihrer Ferienwohnung hochsteigt, denkt er, dass sie mal wieder übertreibt. Schließlich kommt Karlotta ja auch schon bald in die Schule, da werden ihr so ein paar kleine Geschichten bestimmt nicht schaden. Er braucht ihr ja nicht unbedingt alles zu erzählen, aber zumindest können sie sich in ihren Betten noch ein bisschen darüber unterhalten, was wohl mit dem Fuchs passiert ist. Vielleicht hat der Großvater mal versucht, einen Fuchs zu zähmen und abzurichten. Wie im Zirkus. Oder bei Leuten, die alle möglichen Tiere für Filmaufnahmen trainieren. Und immer wenn der Fuchs etwas richtig gemacht hat, hat der Großvater ihm zur Belohnung natürlich ein Stück Fleisch gegeben. Oder ein halbes Würstchen oder so. Aber einmal hat er nicht aufgepasst und aus Versehen nur seinen Finger hingehalten. Ohne halbes Würstchen! Was der Fuchs aber so schnell nicht kapiert hat – und happs, war's das mit Finger.

Wobei Paul gerade einfällt, dass er gar nicht darauf geachtet hat, ob der Großvater noch alle Finger hat. Aber egal, denkt er, die Geschichte ist genau richtig für Karlotta!

Nur dass Karlotta dann schon tief und fest schläft, als sie in die Wohnung kommen. Und auch Peter liegt im Bett und fragt jetzt nur müde, wie es war.

»Der Alte redet ganz schön viel, wenn der Tag lang ist«, sagt Simone und gähnt. »Aber zumindest wird er sein Gewehr jetzt hoffentlich wegschließen!«

»Sehr gut«, meint Peter. »Hab ich ja gleich gesagt.«

Paul ist sich nicht ganz sicher, ob sein Vater da nicht irgendwas durcheinanderbringt, und auch Simone guckt Peter an, als wäre er gerade vom Mond gefallen. Aber da dreht Peter sich auch schon um und zieht sich die Decke über den Kopf.

Schnell putzen sich Paul und seine Mutter die Zähne, dann schleicht sich Paul in sein Zimmer, ohne Licht zu machen, damit Karlotta nicht aufwacht.

Erst als er schon in seinem Bett liegt, fällt ihm ein, dass er ganz vergessen hat, Dusty Gute Nacht zu sagen. Er klettert wieder nach unten und tappt im Dunkeln zu Dustys Decke unter dem Tisch. Die Decke ist da, aber Dusty fehlt!

»Dusty?«, ruft Paul leise.

Als sich nichts rührt, richtet er sich auf und schaltet doch das Licht ein. Aber Dusty liegt auch nicht bei Karlotta am Fußende. Und genauso wenig unter dem Bett oder sonst irgendwo.

Und im Wohnzimmer ist es dasselbe. Kein Dusty!

Jetzt gibt es nur noch eine Möglichkeit, denkt Paul und stürmt in das Schlafzimmer seiner Eltern, wo Simone sich gerade ihre Bettsocken anzieht.

»Ist Dusty bei euch?«, fragt Paul und merkt deutlich, dass seine Stimme ein bisschen zittert.

Simone blickt ihn verständnislos an.

»Bei uns ist er nicht! Und auch sonst nirgends in der Wohnung.«

Sie gucken sicherheitshalber auch noch mal unter das Bett seiner Eltern und sogar in den großen Kleiderschrank, aber eigentlich ist es längst klar: Dusty ist wieder verschwunden!

Simone rüttelt Peter an der Schulter. »He, wach auf! Dusty ist weg!«

»Unsinn«, murmelt Peter schlaftrunken. »Er kann nicht weg sein. Ich habe ihn doch noch gesehen, als ich ins Bad bin.« Im nächsten Moment fährt er hoch und sitzt kerzengerade in seinem Bett. »Mist«, stößt er hervor. »Und ich habe die Balkontür aufgemacht, um zu lüften! Aber er wird doch nicht …«

»Doch«, sagt Paul leise und blickt zu seiner Mutter. »Erinnerst du dich an das Geräusch, als wir drüben bei dem Großvater waren? Und unser Balkon reicht genau bis über das Dach vom Anbau! Das Balkongeländer ist so breit, dass er da bequem draufspringen konnte. Und von da aufs Dach, das reicht auf der Rückseite fast bis auf den Boden.« Paul schluckt heftig, bevor er hinzusetzt: »Wir müssen ihn suchen! Vielleicht ist er noch unten und kann nur nicht zurück, weil die Haustür zu ist.«

Aber er weiß schon jetzt, dass Dusty nicht vor der Tür sitzen wird. Sondern irgendwohin gelaufen ist, wo sie ihn so schnell nicht wiederfinden werden.

Als er vom Dach auf den Boden springt, ist die Spur ganz deutlich. Auch wenn es überall nach dem Alten mit dem Gewehr riecht, weiß er sofort, dass Paul und die Mutter ebenfalls hier sind. Und als er geduckt unter dem Fenster vorbeischleicht, kann er ganz deutlich ihre Stimmen von drinnen hören.

Aber er hat jetzt keine Zeit, um herauszufinden, was sie da machen. Er muss sich beeilen, falls Karlotta und der Vater merken, dass er abgehauen ist. Und trotz der Dunkelheit findet er ohne Mühe den Weg, der durch den Wald zum Dorf führt.

Zwischen den Bäumen raschelt irgendetwas. Gleich darauf knackt ein Ast. Er spitzt die Ohren, läuft aber trotzdem weiter. Die Steine unter seinen Pfoten sind spitz und scharfkantig, erst als er ganz auf die Seite wechselt, wo wieder Gras wächst, wird es besser.

Wieder knackt es im Wald. Fast so als würde ihm jemand folgen. Als er einen umgestürzten Baum sieht, drückt er sich an den Stamm und wartet. Das Rascheln und Knacken kommt näher. Er stellt die Nackenhaare auf und spannt die Muskeln an. Seine Augen haben Mühe, die Dunkelheit zu durchdringen. Dann hat er plötzlich einen strengen Geruch in der Nase, den er aus dem Wald zu Hause kennt. Ein Fuchs! Gleich darauf sieht er den Schatten, der direkt vor ihm über den Weg läuft.

Jetzt hat der Fuchs auch ihn entdeckt und bleibt stehen. Ganz deutlich kann er die hell schimmernden Augen erkennen, und die zitternden Barthaare, als der Fuchs die Schnauze aufreißt und ihm die Zähne zeigt.

Er knurrt ganz tief unten in seiner Kehle. Und der Fuchs stößt ein heiseres Bellen aus und weicht zurück, im nächsten Moment ist er wieder zwischen den Bäumen verschwunden.

Mit gespitzten Ohren wartet er noch eine Weile, ob der Fuchs vielleicht nur einen Bogen dreht und gleich von der anderen Seite zurückkommt. Aber der Fuchs lässt sich nicht mehr blicken. Das einzige Geräusch, das er jetzt noch hört, ist ganz kurz das schrille Fiepen einer Maus. Und einmal ruft irgendwo tief im Wald eine Eule, dann ist wieder alles still.

Trotzdem ist er froh, als der Weg endlich aus dem Wald herausführt und neben ihm nur noch die Kuhweiden sind. Er kann schon die Straßenlampen sehen, die zum Dorf führen. Und da ist auch der Stall, der sich wie ein schwarzes Viereck vor dem Nachthimmel abzeichnet. Er ist schon fast vorbei, als er den Lichtschein sieht, der aus der halb offenen Tür fällt. Dann entdeckt er auch das Fahrrad, das am Zaun lehnt. Und *er hört, wie die Kühe im Stall trampeln und sich gegenseitig an die Bretterwände drängen, als würden sie nach einem Ausweg suchen.*

Geduckt schleicht er sich näher, bis er durch den Türspalt gucken kann. Und springt erschrocken ein Stück zurück, als im gleichen Moment der Junge aus dem fremden Haus genau auf ihn zukommt.

5. Kapitel

Natürlich sind sie in der Nacht noch los, um nach Dusty zu suchen. Und Karlotta hat vor lauter Weinen kaum einen ganzen Satz rausgekriegt. Aber es war schon klar, sie hat geglaubt, dass sie an allem schuld wäre, weil sie dachte, dass Dusty bei Peter im Zimmer wäre, und einfach eingeschlafen ist.

»Du kannst nichts dafür«, hat Peter immer wieder versucht, sie zu trösten. »Wenn überhaupt, dann war es mein Fehler, dass ich die Tür zum Balkon aufgemacht habe!«

»Niemand hat Schuld«, hat Simone gesagt, »es ist nur ganz einfach so, dass mit Dusty irgendetwas nicht stimmt. Er ist völlig durcheinander, und das hat schon auf dem Parkplatz angefangen! Er muss irgendetwas gesehen haben, anders kann ich mir das nicht erklären!«

Jedenfalls haben sie die Taschenlampe aus dem Auto geholt, und Paul hat mit seinem Vater die ganze Umgebung abgesucht, während Simone und Karlotta an der Haustür gewartet haben, falls Dusty doch von alleine zurückkommt. Irgendwann ist auch der Großvater noch erschienen, und kurz darauf die dicke Gertrud, weil sie natürlich die Stimmen gehört haben. Und wie Paul und sein Vater im Wald immer wieder gerufen haben: »Dusty! Dusty! Komm hierher! Wo bist du, Dusty?«

Aber der Großvater hat nur gemeint, dass sie sich keine Sorgen machen sollen.

»Vielleicht gibt es da irgendwo eine Hündin, zu der er will. So was passiert, da kann man gar nichts machen.«

»Er wird schon wiederkommen«, hat Gertrud gesagt. »Zum Glück gibt es hier ja keine Autos, die ihn überfahren könnten. Bestimmt ist er morgen wieder da. Und wir lassen heute Nacht einfach die Tür auf. Dann kann er ins Haus, wenn er kommt.«

Erst als Paul sich dann viel später ruhelos in seinem Bett hin und her gewälzt hat, ist ihm plötzlich eingefallen, dass Max gar nicht da war. Als ob er von der ganzen Aufregung nichts mitgekriegt hätte …

Und genau das ist auch sein erster Gedanke, als er jetzt wieder wach wird und zu Dustys Decke blickt, die immer noch leer ist. Er hat keine Ahnung, warum, aber er hat plötzlich das dumme Gefühl, dass Max vielleicht irgendetwas mit Dustys Verschwinden zu tun haben könnte!

Mit einem Satz ist er aus dem Bett. Seine Mutter steht schon in der Küche und hat gerade die Kaffeemaschine eingeschaltet. Er braucht nur einen Blick auf ihr Gesicht zu werfen, um Bescheid zu wissen.

»Nichts«, sagt sie leise und streicht Paul tröstend über die Haare. »Keine Spur von Dusty. Lass uns beim Frühstück in aller Ruhe überlegen, was wir jetzt machen«, setzt sie hinzu, während sie die Müslischüsseln auf den Tisch stellt und die Milch aus dem Kühlschrank nimmt.

»Ich will nur schnell eine Sache überprüfen, ich bin gleich wieder da!«, erklärt Paul und ist schon aus der Wohnung, bevor Simone irgendetwas erwidern kann.

Er weiß ja, wo Max' Zimmer ist. Gleich unten neben der Treppe, wo er den Lärm letzte Nacht genau gehört haben müsste. Und trotzdem nicht aufgestanden ist und wissen wollte, was eigentlich los ist …

Paul klopft an der Tür. Als sich nichts rührt, drückt er die Klinke herunter. Vorsichtig schiebt er den Kopf ins Zimmer. Max' Bett ist leer, aber er war da, die Decke ist unordentlich zur Seite geworfen und das Kissen ist zerknüllt.

Paul schreckt zusammen, als plötzlich die dicke Gertrud hinter ihm steht.

»Suchst du Max?«

Er nickt.

»Der ist schon ganz früh wieder los! Obwohl er kaum geschlafen hat, weil er die halbe Nacht bei den Kühen war. Eins von den Kälbern ist krank, der Tierarzt glaubt nicht, dass es wieder gesund wird. Aber es ist Max' Lieblingskalb, seit die Mutter bei der Geburt gestorben ist, zieht er es fast ganz allein mit der Flasche groß.«

Max war also nur kurz zu Hause, denkt Paul, und vielleicht hat er wirklich nichts mitgekriegt.

»Ich hoffe, dass ihr euren Hund heute findet«, sagt Gertrud, als könnte sie Pauls Gedanken lesen. »Wenn ich nachher ein bisschen Zeit habe, helfe ich euch beim Suchen.«

»Danke«, sagt Paul nur und beißt die Zähne auf die Lippen, um nicht loszuheulen.

Gertrud verschwindet wieder in ihrer Küche.

Paul will gerade die Treppe hoch, als er Max' Fahrrad auf dem Hof klappern hört. Er wartet, bis Max zur Tür reinkommt. »He«, sagt er. »Wie geht's deinem Kalb?«

»Es wird gesund«, erklärt Max. »Aber ich muss gleich wieder zu ihm, ich will nur schnell ein bisschen Milch mit Honig warm machen.«

»Warte mal! Hast du schon gehört, dass Dusty weg ist?«

»Nee«, sagt Max.

Mehr nicht. Und er scheint sich noch nicht mal zu wundern! Als wäre die Nachricht nichts Neues für ihn …

Paul packt ihn am Arm. »Und du hast ihn auch nicht zufällig gesehen? Ich meine …«

Max macht sich los. »Nein, habe ich nicht. Und ich habe auch keine Ahnung, warum er zum Dorf gerannt ist! Woher soll ich das denn wissen?«

»Was?«, ruft Paul. »Moment mal, wie kommst du darauf?«

»Was denn? Worauf?«

»Dass er zum Dorf gerannt ist! Davon habe ich nichts gesagt. Ich hab nur erzählt, dass er weg ist.«

Max windet sich ein bisschen. Und als er antwortet, sieht er Paul nicht an dabei. »Mann, das habe ich doch nur so gesagt, weil … was weiß ich! Wo soll er denn sonst hingelaufen sein?«

»Du lügst! Du hast ihn gesehen! Du weißt irgendwas …«

»Okay, es stimmt«, gibt Max jetzt zögernd zu. »Ich hab ihn gesehen. Aber nur ganz kurz! Als ich letzte Nacht gerade aus dem Stall wollte. Da stand er plötzlich. Und ich hab mich voll erschreckt!«

»Und dann?« Paul ist so nervös, dass er Max am liebsten schütteln würde.

»Und dann ist er weggelaufen, zum Dorf.«

»Aber warum hast du uns das nicht gleich erzählt? Und eben auch noch behauptet, dass du nichts weißt?«

»Weil ich dachte, dass du dann wieder sauer auf mich bist! Weil ich nicht hinter deinem Hund her bin, um ihn zurückzubringen. Mit meinem Rad hätte ich ihn ja leicht eingeholt. Aber ich konnte doch nicht weg, weil ich bei meinem Kalb bleiben musste.«

Paul nickt. »Schon klar, da konntest du natürlich nichts machen.« Er merkt selber, dass das nicht besonders überzeugt klingt. Aber er weiß auch nicht, ob er Max glauben soll. »Also noch mal«, sagt er. »Dusty war bei dir am Stall und dann ist er zum Dorf gerannt? Und das war's? Oder hast du sonst noch was gesehen? Waren da vielleicht irgendwelche Leute oder …«

»Quatsch. Es war doch schon spät. Da ist hier niemand mehr unterwegs. Aber es sah nicht so aus, als ob er sich verlaufen hätte.«

»Wie meinst du das?«

»Ich hab eher gedacht, dass er genau weiß, wo er hinwill. Als ob er im Dorf irgendjemanden kennen würde! Fand ich ja auch komisch, aber …« Max zuckt mit den Schultern.

»Schon klar«, wiederholt Paul und lässt Max einfach stehen. Mit ein paar schnellen Schritten ist er die Treppe hoch und stürmt in die Ferienwohnung. »Ich weiß, wo wir Dusty suchen müssen! Er ist heute Nacht zum Dorf gelaufen, Max hat ihn gesehen.«

Am liebsten würde Paul sofort wieder losrennen, aber Simone lässt ihn nicht gehen. »Nicht ohne wenigstens ein paar Löffel Müsli im Bauch. Und dann machen wir uns alle zusammen auf den Weg! Vielleicht haben wir ja wirklich Glück und er ist bei irgendwelchen Leuten, die ihn gefunden und sich um ihn gekümmert haben.«

»Oder er wollte sich einen neuen Stock aus dem Laden holen«, überlegt Karlotta laut. »Erinnert ihr euch, dass er die Stöcke total toll fand?«

Im ersten Moment verdreht Paul nur die Augen, weil er denkt, dass es manchmal echt nicht leicht ist mit einer kleinen Schwester, die ständig vor sich hinplappert, was ihr gerade in den Kopf kommt. Egal, wie idiotisch es ist!

Aber dann stutzt er. »Sag das noch mal, was dir eben eingefallen ist!«

»Was? Das mit den Stöcken, die er so toll fand?«

»Er fand nicht nur die Stöcke toll«, sagt Paul und hat das Gefühl, dass er gerade zum ersten Mal eine Idee hat, die ihnen vielleicht weiterhilft. »Da war doch das Mädchen, mit dem ich mich im Eiscafé unterhalten habe. Anna! Und als ich gewinkt habe und ihr über die Straße gekommen seid …«

»Hat Dusty plötzlich gedacht, er kennt das Mädchen, und wollte sie begrüßen«, sagt Peter. »Aber er hat sich geirrt, er muss sie mit irgendjemandem verwechselt haben, sonst wäre sie ja nicht weggerannt.«

Paul schüttelt den Kopf. »Vielleicht doch. Vielleicht hat er sich gar nicht geirrt. Kapiert ihr nicht? Wenn er Anna wirklich wiedererkannt hat, dann ist er gestern Abend vielleicht nur losgelaufen, weil er sie suchen wollte!«

»Hä?«, macht Karlotta. »Und die ist so doof und rennt weg? Wenn Dusty sie kennt, muss sie ihn doch auch kennen. Und warum hat sie dann Angst vor ihm gehabt? Dusty tut doch keinem was!«

Es stimmt schon, was Karlotta sagt, denkt Paul. Aber vielleicht hat er ja trotzdem recht, auch wenn die ganze Sache mehr als komisch ist.

»Weißt du irgendwas über diese Anna?«, fragt seine Mutter jetzt.

»Nur dass sie hier auch Urlaub macht. Mit ihren Eltern. Und dass sie aus Berlin kommt und deshalb das Dorf ziemlich langweilig findet. Nein, wartet! Als ich ihr von Dusty erzählt habe, hat sie auch noch gesagt, dass sie keine Hunde mag!«

»Sie ist doof!«, behauptet Karlotta. »Wegen so einer Doofen würde Dusty nie weglaufen.«

»Karlotta!«, ermahnt Peter seine Tochter. »Jetzt sei einfach nur mal fünf Minuten ganz still, damit wir in Ruhe nachdenken können.«

»Ich denke auch nach«, sagt Karlotta trotzig und schiebt die Unterlippe vor, als würde sie mal wieder gleich anfangen zu weinen. »Aber wenn ihr nicht wollt, dann erzähle ich euch auch nicht, was ich glaube. Dass die doofe Anna Dusty nämlich entführt hat. Und vergiftet, weil sie keine Hunde mag. Ihr habt selber gesagt, dass es solche Leute gibt, die Hunde einfach vergiften!« Jetzt fängt sie wirklich an zu schluchzen.

»Schluss jetzt«, sagt Simone. »Wir fahren jetzt alle zum Dorf und fragen jeden, den wir treffen, ob er Dusty gesehen hat. So viele Border Collies wird es hier nicht geben, und ich habe ein Bild von Dusty auf meinem Handy, das wir den Leuten zeigen können.«

»Gut«, sagt Paul. »Und ich versuche, Anna zu finden. Irgendwo müssen sie und ihre Eltern ja wohnen. Falls ich nämlich doch recht habe, dann ist Dusty da vielleicht hingelaufen.«

Es dauert nicht lange, bis er das Café wiedergefunden hat. Aber dann weiß er nicht weiter. Es sind zu viele Spuren, die kreuz und quer in alle Richtungen führen. Auf gut Glück läuft er los. Der Laden mit den Stöcken ist dunkel, genauso wie das Schaufenster mit der bunten Holzfigur, die das Kind auf dem Arm trägt. Aber in einer Gaststätte ist noch Licht und Lärm, und er drückt sich schnell in den Schatten an der Mauer, als plötzlich ein Mann aus der Tür kommt und laut singend an ihm vorüberläuft.

Am Ende der Straße führt eine schmale Gasse den Berg hinauf. Vor einem Zaun mit hohen, dunklen Bäumen dahinter bleibt er stehen und zieht prüfend die Luft durch die Nase. Er hat sich nicht geirrt, der Geruch ist ganz deutlich.

Er fängt an zu winseln und läuft aufgeregt ein paarmal im Kreis, mit der Nase dicht am Boden, bis er sich sicher ist, dass er die richtige Spur gefunden hat. Und die Spur führt weiter an dem Zaun entlang, bis zu einem niedrigen Tor, das leise klappert, als er versucht, es mit der Schnauze aufzudrücken.

Auf der anderen Straßenseite fängt ein Hund an zu bellen. Aber er kann hören, dass der Hund in einem

Haus ist, und kümmert sich nicht weiter um ihn. Mit einem Satz springt er über das Tor. Jetzt ist er in einem Garten, geduckt schleicht er zwischen Bäumen weiter, als plötzlich ein Lichtschein quer über den Rasen fällt.

Er lässt sich in das feuchte Gras fallen und bleibt ganz ruhig liegen. Nur seine Ohren drehen sich in alle Richtungen und wieder zieht er prüfend die Luft in die Nase. Der Geruch ist jetzt noch deutlicher als vorher, und er kommt von dem Haus, das am Ende des Gartens steht. Wo er hinter dem hell erleuchteten Fenster zwei Leute sehen kann. Eine Frau und einen Mann, die miteinander reden. Und die er beide kennt!

Am liebsten würde er aufspringen und zur Tür rennen, aber er ist sich nicht ganz sicher, ob sie sich wirklich freuen, wenn er plötzlich vor ihnen steht. Das letzte Mal, als er sie gesehen hat, haben sie nur mit ihm geschimpft und ihn angebrüllt. Und er hat auch ganz deutlich gespürt, dass sie Angst vor ihm hatten. Genauso wie das Mädchen, das vorhin einfach weggerannt ist, als er sie begrüßen wollte.

Er kriecht auf dem Bauch noch ein Stück näher ans Haus heran, aber er lässt das Fenster dabei nicht aus den Augen. Jetzt verschwindet der Mann, gleich darauf kommt er aus dem Haus. Er ruft noch irgendetwas in den Flur hinein, dann macht er die Tür hinter sich zu und trägt einen schweren Rucksack zu dem Schuppen unter den Bäumen.

Als der Mann das Tor öffnet und Licht anmacht, ist ganz deutlich das Auto zu sehen, das in dem Schuppen steht. Und es ist dasselbe Auto, hinter dem er auch schon auf dem Parkplatz hergerannt ist!

Er springt auf und läuft quer über den Rasen zu dem Schuppen. Und er kann sich gerade noch in den schmalen Spalt neben dem Auto drücken, als auf der anderen Seite der Mann wieder erscheint. Und das Licht ausschaltet und das Tor zumacht.

Er wartet noch einen Moment, bis keine Schritte mehr zu hören sind, dann zwängt er sich an der Stoßstange vorbei zurück zum Tor. Aber das Tor ist aus starken Brettern, und es gibt nicht das kleinste Loch, durch das er nach draußen schlüpfen könnte. Er ist gefangen!

Er schleicht am Auto entlang zur Rückseite des Schuppens. Es ist so dunkel, dass er kaum irgendwas erkennen kann. Zweimal stößt er mit der Schnauze gegen irgendwelche Kisten und Kartons, die da aufgestapelt sind, dann entdeckt er weit oben unter dem Dach das Fenster, durch das ein schwacher Lichtschimmer fällt. Aber es ist zu weit oben, um da hinaufzugelangen. Selbst wenn er erst auf das Auto springt, wird er es nicht schaffen.

Als er das Fauchen über sich hört, zuckt er zusammen. Jetzt sieht er den Balken unter dem Dach! Wie ein schwarzer Strich in der Dunkelheit. Und auf dem Balken hockt etwas. Und faucht wieder und macht einen Buckel. Da oben ist ein großer Kater! Der jeden Moment herunterspringen wird, um mit ihm zu kämpfen …

6. Kapitel

Sie haben sich aufgeteilt. Simone klappert mit Karlotta alle Läden auf der Hauptstraße ab, während Peter an den Wohnhäusern klingelt. Und Paul fragt als Erstes in dem Eiscafé, in dem er Anna gestern kennengelernt hat. Aber der Kellner ist nicht besonders erfreut, Paul wiederzusehen.

»Du bist doch der mit dem Hund, der hier alles umgerannt hat?«, fragt er und blickt sich nervös um, als könnte Dusty jeden Moment hinter Paul auftauchen.

»Stimmt schon«, sagt Paul. »Aber der Hund ist weggelaufen und ich suche ihn. Es könnte sein, dass das Mädchen etwas weiß, mit dem ich hier gesessen habe. Erinnern Sie sich? Mit langen blonden Haaren und einem roten Kapuzenshirt. Und mit Jeans und roten Chucks!«

»Stracciatella«, sagt der Kellner.

»Was?«

»Sie hatte drei Kugeln Stracciatella. Und einen gespritzten Apfelsaft.«

»Ja, genau, die meine ich! Und war sie vorher schon mal hier? Oder wissen Sie, wo sie wohnt?«

»Bin ich vielleicht ein Auskunftsbüro? Nee, keine Ahnung.« Der Kellner dreht sich ohne ein weiteres Wort um und verschwindet wieder im Café.

Paul steht ratlos auf dem Fußweg. Anna hat gesagt, dass sie mit ihren Eltern Urlaub macht, überlegt er. Also müssen sie ja auch irgendwo wohnen! Aber wie soll er jetzt rauskriegen, wo? Vielleicht ist es doch besser, wenn er nicht länger nach Anna sucht, denkt er, sondern stattdessen lieber gleich nach Dusty fragt …

Er blickt sich um, ob er seine Eltern und Karlotta irgendwo sehen kann. Und im gleichen Moment entdeckt er das Schild an dem Haus direkt neben dem Eiscafé. TOURISMUS-INFORMATION steht da über der Tür, an der eine junge Frau gerade ein Plakat aufhängt.

Er wartet, bis sie die letzten Klebestreifen angebracht hat und zurücktritt, um zu überprüfen, ob das Plakat auch gerade hängt. Dann geht er zu ihr und sagt höflich: »Entschuldigung, wenn ich hier Ferien machen und ein Zimmer oder eine Wohnung mieten will, wo frage ich dann am besten, ob noch was frei ist?«

»Bei uns!«, antwortet die junge Frau und zeigt auf das Schild. »Dafür sind wir ja da.«

Paul nickt. »Gut. Und wenn ich jemanden suche, der schon hier ist …«

»Dann fragst du mich und ich sehe nach, ob wir ihm die Ferienwohnung vermittelt haben.«

»Cool«, sagt Paul. »Also, ich suche ein Mädchen, das Anna heißt …«

Die junge Frau mustert ihn von Kopf bis Fuß. Paul sieht ganz deutlich, dass sie nur mit Mühe ein Kichern unterdrücken kann. »Deine Freundin?«

Er merkt, wie er rot wird. »Nein, es ist nur … Also, ich muss sie irgendwie finden!«, stammelt er und setzt schnell noch hinzu: »Sie macht hier mit ihren Eltern Urlaub!«

»Da sind gestern neue Gäste angekommen. Sie wohnen im Fischbacherhof. Das ist ein bisschen außerhalb vom Dorf, einfach die Straße hoch und …«

»Ich weiß. Aber das sind wir selber.«

Die junge Frau zuckt mit den Schultern, als würde ihr jetzt auch nichts mehr einfallen.

»Diese Anna, die ich suche, kommt aus Berlin«, versucht Paul es noch mal. »Hilft Ihnen das vielleicht irgendwie weiter?«

»Aus Berlin? Sag das doch gleich! Doch, ja, wir hatten auch Leute aus Berlin, aber ich weiß nicht, ob ein Mädchen dazugehört.«

»Und wo …?«

»Sie haben das alte Haus vom Kastlhuber Xaver gemietet. Wenn du da hinten von der Hauptstraße in die Gasse abbiegst, die auf den Berg führt, dann siehst du es schon. Es gibt keine Hausnummer, aber das Haus ist ganz aus Holz und nicht besonders groß, und im Garten stehen hohe Tannen, du kannst es gar nicht verwechseln.«

»Danke«, sagt Paul und rennt auch schon los.

»Viel Glück mit deiner Freundin!«, ruft die junge Frau ihm hinterher, »und komm ruhig noch mal vorbei, um zu erzählen, wie es gelaufen ist!«

Als Paul das Holzhaus hinter den dunklen Tannen gefunden hat und die Pforte im Zaun öffnet, rechnet er jeden Augenblick damit, dass Dusty um die Ecke gebogen kommt! Das Gefühl ist so stark, dass er sogar einen Moment stehen bleibt und sich vorbeugt, als könnte er Dusty schon winseln hören.

Aber nur der Wind rauscht hoch oben in den Bäumen, sonst ist alles still.

Paul schluckt. Er ist sich sicher, dass Dusty hier ist. Während er auf die Haustür zugeht, blickt er sich noch mal um. Rechts ist ein Schuppen, der offensichtlich als Garage genutzt wird. Deutlich kann Paul die Reifenspuren im Gras sehen, aber das Tor zum Schuppen steht offen, und außer ein paar alten Kisten und Kartons an der Rückseite ist der Schuppen leer.

Sie sind mit dem Auto irgendwohin gefahren, denkt Paul, es ist niemand hier. Er merkt, wie er sich aus Enttäuschung auf die Lippe beißt. Aber dann sieht er einen Schatten hinter dem Küchenfenster. Es ist doch jemand da!

Mit zwei schnellen Schritten ist er an der Tür. Es gibt keine Klingel, aber an dem Dachbalken direkt über ihm hängt eine Kuhglocke. Die laut scheppert, als er sie mit der Hand anstößt. Gleich darauf hört er auch Schritte aus dem Haus, dann wird die Tür geöffnet und eine Frau steht vor ihm und fragt überrascht: »Wolltest du zu mir?«

Wieder denkt Paul, dass gleich Dusty kommen muss, aber hinter der Frau bleibt alles still.

»Hallo?«, fragt sie jetzt, weil er immer noch nicht geantwortet hat. »Was ist? Was möchtest du?«

Die Frau sieht aus wie Anna, nur älter. Und sie muss gerade geduscht haben, ihre Haare sind noch nass und sie hat auch nur einen Bademantel an, den sie frierend vor der Brust zusammenzieht.

Paul räuspert sich.

»Ich glaube, ich kenne Ihre Tochter«, setzt er an. »Also, ich meine, ich habe sie gestern getroffen, im Eiscafé im Dorf. Sie heißt doch Anna, oder?«

»Ja, das stimmt, aber sie ist nicht da. Wart ihr denn verabredet?«

»Äh, nee, eher nicht, aber … wo ist sie denn?«

»Mit meinem Mann zu einer Bergwanderung. Sie sind heute schon ganz früh mit dem Auto losgefahren, zu einem Parkplatz, wo der Wanderweg auf den Berg hinaufführt. Aber was wolltest du denn überhaupt von Anna?«

»Es ist ein bisschen kompliziert«, sagt Paul. »Und eigentlich geht es um meinen Hund, Dusty. Er ist nämlich weg und ich suche ihn.«

Annas Mutter blickt ihn irritiert an. »Und was hat jetzt Anna damit zu tun?«

»Das weiß ich auch noch nicht so genau«, stammelt Paul und merkt selber, dass ganz sicher niemand aus seinem Gestotter schlau werden kann. »Aber könnte es sein, dass Dusty vielleicht hier war? Mein Hund, der weg ist.«

»Und den du suchst, das habe ich schon verstanden. Aber hier war kein Hund, tut mir leid.« Annas Mutter nickt ihm zu und will die Tür wieder schließen.

»Warten Sie, eine Frage noch«, sagt Paul schnell.

Irgendwas ist plötzlich anders, denkt er. Und zwar von dem Moment an, in dem er etwas von Dusty gesagt hat. Und Annas Mutter noch nicht mal nachgefragt hat, um was für einen Hund es sich überhaupt handelt! Als wollte sie auf keinen Fall mehr über Dusty wissen. Oder … als würde das Wort »Hund«

sie irgendwie erschreckt haben. Und auch Anna hat ja gestern gesagt, dass sie keine Hunde mag …

»Ich warte immer noch auf deine Frage«, erinnert ihn Annas Mutter jetzt. »Mir wird nämlich kalt.«

»Anna hat erzählt, dass Sie aus Berlin kommen und erst seit vorgestern hier sind.«

»Ja und?«

»Kann es sein, dass Sie auf der Herfahrt Pause auf so einer Raststätte an der Autobahn gemacht haben?«, platzt Paul mit dem Gedanken heraus, der ihm gerade durch den Kopf geht.

»Natürlich haben wir unterwegs Pause gemacht, aber jetzt reicht es mir langsam mit deinen Fragen. Das geht dich alles überhaupt nichts an!« Sie schüttelt den Kopf und knallt Paul die Tür vor der Nase zu.

Irgendwas stimmt hier nicht, denkt Paul. Er könnte inzwischen darauf wetten, dass es das Auto von Anna und ihren Eltern war, hinter dem Dusty an der Raststätte hergerannt ist. Weil er Anna erkannt hatte! Genauso wie gestern im Eiscafé …

Aber Anna kommt aus Berlin. Und außer Pauls Oma kennt Dusty niemanden in Berlin. Also kann er Anna vorher eigentlich nie getroffen haben. Es sei denn, Anna war vielleicht irgendwann mal in Neuenburg, wo sie selber wohnen.

Bei seinem nächsten Gedanken merkt er, wie ihm plötzlich heiß wird. Wenn er mit seiner Idee recht hat, dann passt alles zusammen!

Er dreht sich zurück zur Tür und rüttelt so lange an der scheppernden Kuhglocke, bis Annas Mutter wieder aufmacht. Jetzt ist sie ganz eindeutig sauer.

Aber bevor sie überhaupt anfangen kann zu schimpfen, hat Paul schon seine Frage gestellt: »Kann es sein, dass Sie früher mal in Neuenburg gewohnt haben?«

Annas Mutter starrt ihn mit offenem Mund an. »Ja, wieso?«, stammelt sie dann. Um Paul gleich darauf mit der Hand zurückzuschieben und wütend zu sagen: »Nein, stopp! Erzähl es mir gar nicht erst, ich will es nicht wissen! Und ich will auch nichts mehr von irgendwelchen Hunden hören. Wir hatten selber mal einen Hund, das reicht mir. Und es ist etwas passiert, das du gar nicht wissen möchtest. Also lass mich gefälligst in Ruhe und denk noch nicht mal daran, hier wieder aufzutauchen.«

Er ist froh, als der Kater plötzlich lautlos durch irgendein Loch im Dach verschwindet. Als hätte er entschieden, dass es sich nicht lohnt, nach unten zu springen und es auf einen Kampf ankommen zu lassen.

Noch einmal sucht er den Schuppen nach irgendeinem Ausweg ab. Aber er findet weder ein Loch, das groß genug ist, um sich hindurchzuquetschen, noch ein kaputtes Brett, das er mit den Zähnen packen könnte, um es loszureißen.

Schließlich zerrt er eine alte Decke hinter den Kartons an der Wand hervor und schiebt sie so lange zurecht, bis er eine Kuhle hat, in der er sich zusammenrollen kann. Die Decke riecht nach Mäusekötteln, aber wenigstens ist sie weich und wärmt ihn ein bisschen.

Mit offenen Augen starrt er in die Dunkelheit. Er weiß ja, dass er eigentlich zu Paul zurückmüsste. Der sich bestimmt schon Sorgen um ihn macht! Aber erst muss er das Mädchen finden. Damit sie sich wieder vertragen können und sie nicht mehr vor ihm wegrennt …

Als er wach wird, weiß er im ersten Moment nicht, wo er überhaupt ist. Aber dann wird das Tor geöffnet.

Der Mann kommt in den Schuppen und steigt ins Auto, ohne ihn zwischen den Kartons zu bemerken.

Er wartet, bis das Auto rückwärts aus der Garage fährt. Sowie der Mann verschwunden ist, kann er vielleicht ins Haus, um das Mädchen zu treffen. Aber als er vorsichtig ins Freie schleicht, sieht er gerade noch, wie das Auto vor der Haustür hält und das Mädchen einsteigt. Auch die Frau ist jetzt da und winkt hinter dem Auto her, bis es auf die Straße einbiegt.

Als die Frau sich umdreht und wieder im Haus verschwindet, rennt er quer durch den Garten. Ohne langsamer zu werden, springt er über den Zaun. Das Auto ist schon ein Stück entfernt, aber die Rücklichter leuchten rot in der Dunkelheit.

Es ist noch so früh, dass kaum ein anderes Auto unterwegs ist. Und der Mann fährt so langsam, dass er es tatsächlich schafft, ihm und dem Mädchen zu folgen. Obwohl ihm schon bald die Zunge weit aus dem Maul hängt und er vor Anstrengung keucht. Und als es plötzlich steil bergan geht, kann er das Tempo nicht mehr halten. Gleich darauf sieht er, wie sich die Rücklichter immer weiter entfernen.

7. Kapitel

Paul sieht seine Eltern schon von Weitem, kaum dass er wieder auf der Hauptstraße ist. Und als er näher kommt, ist schon klar, dass er gar nicht erst zu fragen braucht, ob es bei ihnen etwas Neues gibt. Eigentlich sehen sie alle drei so aus, als ob sie am liebsten gleich heulen würden! Und so wie sie ihn gerade anstarren, scheint es, als ob er ihre letzte Hoffnung wäre …

»Hast du was rausgefunden?«, fragt sein Vater.

»Gibt es jemanden, der Dusty gesehen hat?«, fragt seine Mutter.

»Weißt du, wo Dusty ist?«, fragt Karlotta.

»Vielleicht«, antwortet Paul. »Ich habe vielleicht wirklich eine Spur! Aber bevor wir uns da ganz sicher sein können, müssen wir erst noch ein paar Fragen klären.«

Natürlich merkt er, wie aufgeregt seine Eltern und Karlotta sind. Und dass sie es kaum abwarten können, was er zu erzählen hat.

»Lasst uns ins Eiscafé gehen«, schlägt Simone vor. Aber Paul schüttelt nur den Kopf und sagt: »Der

Kellner ist ein blöder Heini. Und außerdem ist es besser, wenn wir zurück zur Ferienwohnung fahren. Wenn ich nämlich richtigliege mit meiner Idee, dann kann es sein, dass wir sowieso ein paar Sachen aus der Wohnung brauchen.«

Die anderen kapieren zwar kein Wort, aber sie laufen brav hinter Paul her bis zum Auto. Und eine Viertelstunde später sitzen sie alle zusammen um den großen Tisch in der Essküche.

»Jetzt aber los«, drängt Peter.

»Wir müssen Dusty irgendwo befreien, richtig?«, fragt Karlotta aufgeregt. »Und du wolltest nur kurz noch hierher, weil wir die Messer aus der Schublade brauchen! Um die Seile durchzuschneiden, mit denen Dusty gefesselt ist. Und dann murksen wir die bösen Männer ab, die das gemacht haben, stimmt's?«

»Karlotta!«, stöhnt Simone, bevor sie sich zu Paul dreht: »Jetzt erzähl schon, worum es geht. Damit sich deine Schwester nicht noch mehr Schauergeschichten ausdenkt.«

»Okay«, sagt Paul. »Ich bin mir noch nicht ganz sicher, aber ich glaube, Dusty kennt Anna ganz genau. Und auch Annas Eltern! Es hat etwas mit der Zeit zu tun, als Dusty noch gar nicht bei uns war.«

»Da hieß er noch Jack!«, ruft Karlotta dazwischen. »Und hat den Leuten gehört, die früher bei uns im

Haus gewohnt haben. Aber die waren ganz doof und haben ihn für einen Killerhund gehalten!«

Paul nickt.

»Genau von den Leuten rede ich.« Er blickt zu seinen Eltern. »Sie hatten zwei Kinder, richtig?«

»Zwei Mädchen«, bestätigt Simone.

»Und das kleine Mädchen ist dann im Waldteich ertrunken«, ruft Karlotta aufgeregt. »Dusty wollte sie noch retten, aber er hat es nicht mehr geschafft. Und dann haben die doofen Leute gedacht, er wäre schuld gewesen!«

Sie fängt an zu schluchzen.

Simone legt ihr den Arm um die Schultern und zieht sie an sich. Dann blickt sie wieder zu Paul. »Worauf willst du raus, Paul? Ich verstehe es noch nicht. Oder denkst du vielleicht ...«

Paul nickt wieder. »Ich weiß es nicht mehr ganz genau, aber als die anderen zu Hause mir die Geschichte erzählt haben, da haben sie natürlich auch gesagt, wie die große Schwester von dem ertrunkenen Mädchen hieß. Sie kannten sie ja alle, schließlich war sie sogar die Freundin von Lukas!«

»Und?«, fragt jetzt Peter.

»Ich glaube, sie hieß Anna. – Wartet!«, ruft er schnell, als er sieht, dass seine Eltern etwas einwenden wollen. »Ich hab noch mehr rausgekriegt. Diese

Anna, die ich im Eiscafé getroffen habe, kommt zwar aus Berlin, aber ich habe mit ihrer Mutter geredet, und früher haben sie alle in Neuenburg gewohnt!«

»Was?«, stößt Peter hervor. »Du meinst, es sind vielleicht die Leute, die …«

Weiter kommt er nicht. Weil Simone im gleichen Moment zu Paul sagt: »Noch mal! Du hast mit der Mutter geredet? Aber dann musst du doch wissen, ob sie es nun sind oder nicht!«

»So einfach ist das nicht«, unterbricht Paul seine Mutter. Und dann berichtet er, was er rausgefunden hat. Und dass Annas Mutter ihm die Tür vor der Nase zugeknallt hat. Aber dass er trotzdem glaubt, auf der richtigen Spur zu sein!

»Nein«, erklärt Peter. »Das ist Unsinn. Überleg doch noch mal, wie das war. Die Leute haben ja wirklich gedacht, dass Dusty, also damals noch Jack, schuld an dem Unglück mit der kleinen Schwester wäre. Und sie wollten den Hund nicht mehr haben, sie haben Angst vor ihm gehabt und wollten ihn loswerden, deshalb haben sie ihn ins Tierheim gesteckt! Und glaubst du wirklich, dass ein kluger Hund wie Dusty das jemals vergessen würde? Nein«, wiederholt er, »daran wird er sich immer erinnern. Und ganz bestimmt nicht auch noch hinter den Leuten herlaufen, die ihn damals weggeschickt haben!«

»Da bin ich mir nicht so sicher«, sagt Simone leise. »Soviel wir wissen, ist Dusty doch schon als Welpe bei ihnen gewesen. Sie waren also seine Familie, lange bevor er uns gefunden hat. Und er wird ja auch gar nicht verstanden haben, warum sie böse auf ihn waren und ihn loswerden wollten!«

»Genau«, schnieft Karlotta. »Er hat ja nichts Böses gemacht. Der liebe Dusty! Und jetzt rennt er hinter ihnen her, weil er sie immer noch liebt. Und weil er sie nicht vergessen hat!«

Paul und seine Eltern blicken sich an.

»Es passt alles«, sagt Paul. »Sie sind am gleichen Tag von Berlin hierhergefahren wie wir und Dusty hat Anna wahrscheinlich schon an der Autobahnraststätte erkannt. Deshalb ist er hinterhergerannt. Und am nächsten Tag hat er sie im Eiscafé gesehen. Er muss also kapiert haben, dass sie auch hier im Dorf ist. Und ist abgehauen, um sie zu suchen! Ich habe keine Ahnung, was dann passiert ist, aber Dusty findet jede Spur, das wissen wir. Ich glaube, wir sollten zu diesem Parkplatz, an dem der Wanderweg auf den Berg anfängt. Und weil Anna und ihr Vater ja schon heute Morgen ganz früh los sind, sollten wir vielleicht ein paar warme Sachen mitnehmen, falls wir hinter ihnen her auf den Berg müssen.«

Peter ruft eine Landkarte in seinem Handy auf.

»Okay«, sagt er, »es gibt nur einen Parkplatz hier, von dem aus ein Wanderweg auf den Berg führt. Zum Spitzberg hoch und an der Fischbacherhütte vorbei. Versuchen wir es, vielleicht hat Paul ja tatsächlich recht. Und falls wir wirklich ein paar Stunden wandern müssen, wäre es sicher besser, wenn …«

Er wirft einen schnellen Blick auf Karlotta. Von dem sie zum Glück nichts mitkriegt. Und deshalb auch vollkommen zufrieden ist, als Simone schnell sagt: »Wir machen das anders! Ihr setzt mich bitte auf dem Weg zum Berg bei dem Ferienhaus von Anna ab. Ich will selber noch mal mit der Mutter reden.«

»Wenn sie nicht gleich die Tür wieder zumacht«, wirft Paul ein.

»Genau deshalb nehme ich Karlotta mit. Zu zweit schaffen wir das schon. Und wir schicken euch eine Nachricht, was wir rausbekommen haben. Ich hoffe, dass die Mutter uns auch die Handynummer von ihrem Mann gibt, damit ich mit ihm sprechen kann und ein für alle Mal klären, dass Dusty ganz sicher kein Killerhund ist.«

In aller Eile packen Paul und sein Vater ein paar warme Sachen zusammen, und auch eine Regenjacke für jeden und eine Tüte Studentenfutter.

Bevor sie ins Auto steigen, klopft Simone noch

schnell bei Gertrud an der Küchentür und bittet sie, dass sie ihren Mann auf der Berghütte anruft.

»Wenn da ein Vater mit seiner Tochter auftaucht, soll er sie unbedingt festhalten, damit sie nicht noch irgendwo anders hinlaufen. Und dann sollen sie zusammen nach Dusty Ausschau halten. Vielleicht können sie ihn ja mit irgendwas zu fressen in die Hütte locken, bis wir da sind, um ihn zu holen.«

In weitem Abstand umkreist er das Auto auf dem Parkplatz. Als er sich näher heranwagt, riecht er ganz deutlich die Spur, die vom Auto weg zu dem schmalen Pfad führt. Anna und ihr Vater sind jetzt also zu Fuß unterwegs und bestimmt holt er sie bald ein!

Er hebt noch einmal sein Bein am Vorderrad des Autos, dann rennt er los. Der Weg ist ziemlich steil, aber die Spur ist so frisch, dass er vor Aufregung anfängt zu winseln. Mit der Schnauze dicht über dem Boden hetzt er weiter. Jetzt führt der Pfad über eine Holzbrücke, die kaum breiter ist als er selber. Zwischen den Brettern ist so viel Abstand, dass er genau aufpassen muss, wo er seine Pfoten hinsetzt, um nicht danebenzutreten. Tief unter ihm rauscht und gurgelt das Wasser, und er ist froh, als er endlich auf der anderen Seite ist.

Mitten auf dem Pfad liegt jetzt ein Felsbrocken und er muss sich durch ein dichtes Gestrüpp zwängen. Erst als es schon zu spät ist, sieht er den Mann, der plötzlich genau vor ihm steht und ihm den Weg versperrt.

Er knurrt und stellt die Nackenhaare auf, aber der Mann macht nur eine schnelle Bewegung mit dem Bein, als wollte er ihn treten. Erschrocken weicht er zur

Seite – und schon hat der Mann ihn im Nacken gepackt und drückt ihn mit einem harten Griff auf den Boden.

Jetzt sieht er, dass der Mann ein Gewehr auf dem Rücken hat. Und von seinem Gürtel baumelt ein toter Vogel, aus dessen bunten Federn das Blut tropft.

8. Kapitel

Das Auto mit dem Berliner Kennzeichen ist der einzige Wagen auf dem Parkplatz. Pauls Vater zeigt auf die Heckscheibe, an der eine Werbung für eine Versicherung klebt.

»Sie sind es«, sagt Peter. »Ich erinnere mich, dass der Mann für diese Versicherung gearbeitet hat. Er hatte sein Büro in der Nähe vom Bahnhof, bevor sie weggezogen sind.«

Fast gleichzeitig meldet Peters Handy eine Nachricht. Pauls Vater ruft die Nachricht auf und streckt dann Paul das Handy hin.

»Von Simone.«

SIE SIND ES, hat Pauls Mutter geschrieben. ICH KANN GERADE NICHT MEHR SAGEN, ABER ICH MELDE MICH GLEICH NOCH MAL.

»Also los«, sagt Peter. »Wenn sie heute Morgen schon aufgebrochen sind, haben sie ein paar Stunden Vorsprung. Wir müssen uns beeilen! – Was ist, was machst du da?«, fragt er gleich darauf, als Paul sich zum Hinterrad des Berliner Autos bückt.

»Siehst du das? Da ist doch ein Fleck auf dem Reifen!«

Paul reibt mit dem Finger über die dunkle Stelle, die sich ein bisschen feucht anfühlt. Er riecht kurz an der Fingerspitze, bevor er hochblickt und sagt: »Alles klar, Dusty war hier!«

Der Pfad auf den Berg hinauf ist so schmal, dass sie hintereinander laufen müssen. Und es geht so steil bergauf, dass Pauls Vater schon nach kurzer Zeit anfängt zu schnaufen. »Oh Mann«, stöhnt er, »so habe ich mir unsere erste Wanderung ja auch nicht vorgestellt.«

Paul erzählt ihm, was er von Max gehört hat. Dass Max' Vater alles, was die Gäste auf seiner Hütte brauchen, auf dem Rücken den Berg hochschleppen muss.

»Das wäre nichts für mich«, sagt Peter und rückt sich den Rucksack zurecht, als ob ihm schon die paar Regenklamotten zu viel wären.

»Und wenn plötzlich Nebel kommt, dann kann man noch nicht mal mehr die Hand vor Augen erkennen«, redet Paul weiter. »Max' Großvater ist schon mal zwei Stunden im Kreis gelaufen, ohne es zu merken!«

Peter zeigt zu den Berggipfeln hinauf, über denen sich ein klarblauer Himmel wölbt. Ohne eine einzige

Wolke! »Dann wollen wir mal hoffen, dass das Wetter so bleibt«, sagt er nur. »Wie lange soll es bis zur Hütte dauern?«

»Mindestens vier Stunden. Aber wenn du weiter so trödelst, wahrscheinlich länger«, kann Paul es nicht lassen, seinen Vater ein bisschen zu ärgern.

Und Peter ärgert sich. Er sagt zwar nichts, aber trotz seiner Schnauferei schlägt er jetzt ein Tempo an, dass auch Paul bald keuchen muss. Und der Weg wird immer steiler!

Links von ihnen ist die Felswand, und rechts geht es so steil bergab, dass Paul merkt, wie ihm fast schwindlig wird, als er nach unten blickt. Von hier sieht das Dorf aus wie ein paar kleine Spielzeughäuser, die irgendjemand ins Tal gestellt hat. Sogar die Autos, die über die Hauptstraße fahren, sind nicht viel mehr als bunte Flecken, und die Menschen vor den Geschäften wirken wie schwarze Punkte, die sich nur im Schneckentempo bewegen.

Dann biegt der Pfad plötzlich um einen Felsvorsprung – und Paul und sein Vater stehen vor einer Schlucht! Irgendwo weit unten rauscht ein Wasserfall und die schroffen Felswände sind dunkel vor Nässe. Eine Holzbrücke führt zur anderen Seite hinüber. Paul bleibt ganz dicht hinter seinem Vater, während er sich vorstellt, wie Dusty über dieselbe

Brücke gelaufen sein muss. Nur dass er sich ja nicht am Geländer festhalten konnte! Und wenn er nur einen falschen Schritt gemacht hat, dann … liegt er jetzt irgendwo da unten auf den Felsen, denkt Paul. Oder der Wasserfall hat ihn mit sich gerissen!

Paul muss sich zwingen, weiter hinter seinem Vater herzulaufen, ohne die Schlucht nach Dusty abzusuchen. Jetzt bloß keine Panik, sagt er sich immer wieder, Dusty kann das, ihm ist nichts passiert!

Erst als sie schon fast auf der anderen Seite sind, sieht Paul den Mann, der da auf einem Stein sitzt und sie schon die ganze Zeit über beobachtet haben muss. Ein Förster, mit einem Gewehr auf dem Rücken. Und mit einem toten Birkhuhn am Gürtel!

Der Förster wartet, bis sie von der Brücke runter sind und Pauls Vater auf ihn zugeht und freundlich sagt: »Hallo! Gut, dass wir Sie treffen. Wir suchen nämlich unseren Hund …«

»So, Sie sind das also«, unterbricht ihn der Förster, bevor Peter weiterreden kann. »Und das Schild haben Sie nicht gesehen? Oder meinen Sie, dass das für Sie nicht gilt?«

»Was? Welches Schild? Ich verstehe nicht …«

Der Förster verschränkt die Arme vor der Brust und mustert Pauls Vater von Kopf bis Fuß. Paul beachtet er gar nicht. »Ich weiß nicht, was es da nicht zu verstehen geben soll. Das Schild ist eindeutig. Das ist ein Naturschutzgebiet hier. Und Hunde müssen grundsätzlich an die Leine! Glauben Sie, ich möchte, dass mir so ein Köter die Gämsen aufschreckt? Oder ein Rehkitz reißt? Was haben Sie sich dabei gedacht, den Hund einfach frei laufen zu lassen? Ich könnte Sie anzeigen, und vielleicht tue ich das auch.«

»Nein, nein«, sagt Peter schnell. »Das ist alles ganz anders, als Sie denken. Er ist uns gestern Abend schon davongelaufen!«

»Na, das wird ja immer besser! Dann hatte er ja genügend Zeit, um hinter dem Wild am Berg herzujagen.«

Jetzt reicht es Paul. »Meinen Sie ungefähr so, wie Sie den Vogel geschossen haben, der da an Ihrem Gürtel hängt?«, fragt er.

Dem Förster klappt vor Überraschung die Kinnlade herunter. »Was soll das denn jetzt?«, erwidert er empört. »Das ist mein Beruf. Ich mache das hier doch nicht zum Spaß!«

»Okay«, sagt Paul ganz ruhig. »Und Dusty, unser Hund, macht das auch nicht zum Spaß. Sondern er hat eine Spur, die er verfolgt. Und er hat gar keine Zeit, sich um irgendwelche Tiere zu kümmern! Das interessiert ihn überhaupt nicht. Er will nur die Leute finden, hinter denen er her ist. Wenn Sie uns einen Moment zuhören, können wir Ihnen alles erklären.«

Der Förster zieht unwillig die Augenbrauen zusammen, aber er nickt.

In ein paar kurzen Sätzen schildert Paul, was passiert ist. Und dass Dusty der Spur von Anna und ihrem Vater folgt, die auf dem Weg zur Fischbachhütte sind.

»Und deshalb sind wir hier«, setzt er schließlich hinzu. »Um ihn zu finden und zurückzuholen. Wo haben Sie ihn denn gesehen?«

Der Förster zeigt den Berg hinauf. »Ein ganzes Stück weiter da oben.«

»Und dann?«, will jetzt Peter wissen. »Ist er einfach an Ihnen vorbeigelaufen oder …«

Der Förster zuckt nur mit den Schultern, ohne eine Antwort zu geben. Und Paul merkt, wie plötzlich sein Herz anfängt zu hämmern. Wenn der Förster gedacht hat, dass Dusty ein wildlaufender Hund ist, dann hat er vielleicht …

»Haben Sie auf ihn geschossen?«, platzt er raus.

»Nein, natürlich nicht.« Der Förster schüttelt den Kopf. »Junge, was glaubst du denn? Ich erschieße doch nicht einfach einen Hund!«

»Sondern?«, hakt Peter nach. Seine Stimme klingt kratzig vor Aufregung.

»Er hat mich ausgetrickst! Das ist mir noch nie passiert. Ich dachte, ich kenne mich aus mit Hunden, aber euer Hund ist tatsächlich etwas Besonderes. Ziemlich schlau, der Bursche! Und jetzt verstehe ich das ja auch, nachdem ich weiß, was mit ihm los ist.«

Der Förster lacht und klopft Paul auf die Schulter. Wenn da nicht immer noch das tote Birkhuhn an seinem Gürtel wäre, würde Paul ihn vielleicht ganz sympathisch finden können. Und als er jetzt endlich damit rausrückt, was passiert ist, muss Paul fast ein bisschen grinsen. Und vor allem ist er echt stolz auf Dusty!

»Also«, erzählt der Förster, »ich komme da um die Ecke bei dem Felsbrocken und plötzlich taucht der Hund vor mir auf. Aber er hat die Schnauze so dicht über dem Boden, dass er mich erst sieht, als er mir schon fast gegen die Stiefel rennt. Und ich packe ihn am Nacken und halte ihn fest! Ein frei laufender Hund hier im Naturschutzgebiet geht gar nicht, ich habe euch ja schon erklärt, warum nicht. Ich habe immer eine alte Leine dabei, um solche Hunde mit ins Dorf nehmen zu können.« Er klopft auf seine Jackentasche, bevor er weiterredet. »Aber dieses Mal hat es nicht geklappt. Weil er plötzlich umfällt, als ob er tot wäre!«

»Was?«, rufen Paul und sein Vater gleichzeitig.

»Wie ich's sage! Er kippt einfach zur Seite und liegt dann da, ganz still und steif. Wie tot!«, wiederholt der Förster. »Aber das war sein Trick. Als ich nämlich die Leine beiseitelege, um zu gucken, was los ist, springt er wieder auf und rennt weg. So schnell, dass ich gar nicht mehr dazu komme, ihn festzuhalten. Ich sag's ja, ein schlauer Bursche, da gibt es nichts. – Na, dann seht mal zu, dass ihr ihn einholt. Ich schätze, inzwischen wird er wohl schon oben bei der Hütte sein.«

Der Förster klopft ihnen zum Abschied noch mal lachend auf die Schultern. Aber dann ist er noch kaum auf der Brücke, als er sich wieder umdreht und ihnen nachruft: »Und wenn er zur Seite kippt und toten Hund spielt, dann wisst ihr ja jetzt Bescheid! So ein Saukerl, ein verfluchter! Wenn ich das im Dorf erzähle, das glaubt mir keiner!«

Paul grinst seinen Vater an. »Typisch Dusty«, sagt er. »Er ist echt schlau!«

»Das hilft uns nur im Moment leider nicht weiter«, meint Peter. »Im Gegenteil! Wer weiß, was ihm noch alles einfällt. Los, beeilen wir uns!«

Sie sind gerade erst wieder ein paar Minuten unterwegs, als Peters Handy klingelt.

»Was?«, brüllt Peter, als er das Gespräch angenommen hat. »Simone? Bist du das? Die Verbindung ist ganz schlecht. Ich hör dich kaum! Was sagst du? Hallo? – Weg«, sagt er zu Paul und blickt auf das Display. »Kaum Netz, keine Chance. Gerade mal ein Balken. Das Einzige, was ich verstanden habe, ist, dass es wichtig wäre.«

»Was?«, fragt Paul. »Was wäre wichtig?«

»Irgendwas, das sie uns sagen wollte. Aber dann war die Verbindung auch schon unterbrochen.«

Sie sind jetzt so dicht vor ihm, dass er sie manchmal zwischen den Felsen sehen kann. Aber er wagt es nicht, sich ihnen noch weiter zu nähern. Er weiß ja, dass Anna Angst vor ihm hat! Auch wenn er nicht versteht, warum. Aber beim letzten Mal, als er auf sie zugestürmt ist, ist sie weggerannt, das hat er nicht vergessen. Und er erinnert sich auch noch gut daran, wie ihr Vater mit ihm geschimpft hat. Und ihn angebrüllt hat. Auch wenn es lange her ist. Aber er muss vorsichtig sein, sie dürfen ihn nicht entdecken. Vielleicht ist es besser, wenn Anna irgendwann alleine ist. Vielleicht kann er dann leise winseln und auf dem Bauch zu ihr kriechen, damit sie sich nicht wieder erschrickt …

Jetzt führt der Weg über einen Berghang mit einer Wiese, auf der das Gras so hoch steht, dass er ihnen folgen kann, ohne von einem Felsbrocken zum nächsten schleichen zu müssen. Am Ende der Wiese ist eine Hütte. Mit Tischen und Stühlen davor, und mit einem Mann, der das Mädchen und den Vater begrüßt, bevor sie sich hinsetzen und der Mann wieder in der Hütte verschwindet.

Geduckt läuft er an dem Hang nach oben, bis zu einem krumm gewachsenen Baum, hinter dessen

Stamm er sich verstecken kann. Er drückt sich flach auf den Boden und legt den Kopf zwischen die Vorderpfoten. Von hier kann er sie gut beobachten, ohne dass sie ihn sehen.

Der Mann aus der Hütte bringt ihnen etwas zu essen und zu trinken. Und sie reden miteinander. Der Mann erklärt ihnen irgendwas. Er zeigt mehrmals zum Himmel hinauf. Und seine Stimme ist ziemlich laut. Als der Vater antwortet, klingt es, als würden sie sich streiten. Dann geht der Mann zurück in die Hütte. Und das Mädchen und der Vater fangen an zu essen.

Er hebt die Nase und schnuppert. Es dauert einen Moment, bis er rausgefunden hat, wonach es bis zu ihm herauf duftet. Eierkuchen! Er liebt Eierkuchen. Manchmal gibt Paul ihm zu Hause etwas davon ab. Oder auch Karlotta. Fast meint er, den Eierkuchen zwischen seinen Zähnen zu spüren. Ein Speichelfaden tropft ihm aus der Schnauze. Er ist plötzlich so hungrig, dass er am liebsten aufspringen würde, um zur Hütte hinunterzulaufen. Aber das geht nicht, er muss noch warten, bis vielleicht auch der Vater in der Hütte verschwindet und Anna endlich alleine ist …

Die Sonne scheint so warm auf sein Fell, dass ihm immer wieder die Augen zufallen. Ein dicker Käfer krabbelt genau vor ihm auf einen Grashalm. Bis fast nach oben. Dann fällt er plötzlich runter und bleibt mit zappelnden Beinen auf dem Rücken liegen. Vorsichtig stößt er ihn mit der Schnauze an und dreht ihn zurück auf den Bauch. Der Käfer krabbelt schnell davon. Er versucht, ihm mit den Augen zu folgen, bis er im hohen Gras verschwunden ist.

Anna und ihr Vater sitzen immer noch an ihrem Tisch. Er stellt sich vor, wie er zwischen ihren Füßen liegt. Und wie sie ihn abwechselnd streicheln und ihm etwas von ihrem Eierkuchen abgeben …

Als er wieder aufwacht, ist der Tisch leer. Anna und ihr Vater sind verschwunden. Er springt so schnell auf, dass er fast das Gleichgewicht verliert. Und sich gerade noch zurück hinter den Baumstamm drücken kann, als nur ein paar Meter von ihm entfernt Paul über die Wiese gerannt kommt. Es dauert nicht lange, bis auch Pauls Vater auftaucht. Und jetzt reden Paul und sein Vater mit dem Mann aus der Hütte!

Er weiß, dass Paul bestimmt nur hier ist, weil er ihn sucht. Und er winselt leise vor Kummer, als er sich zwingen muss, nicht sofort zu ihm zu rennen. Aber wenn er jetzt wieder zu Paul läuft, dann findet er Anna und seine alte Familie nie!

Er kann noch nicht zu Paul. Er muss erst Anna wiederfinden. Aber vielleicht ist sie ja nur in der Hütte! Und dann ist alles ganz einfach!

In einem großen Bogen schleicht er sich über die

Wiese, um näher an die Hütte zu kommen. Die Sonne ist verschwunden, schwere graue Wolken jagen über den Himmel. Und ein heftiger Windstoß schlägt die Tür hinter Paul und seinem Vater zu. Gleich darauf fängt es an zu regnen. Dicke Tropfen prasseln so laut auf das Hüttendach, dass er unmöglich hören kann, ob Anna auch da drin ist..

9. Kapitel

Der Fischbacher Toni ist eindeutig sauer.

»*Wappler, g'scherter*«, flucht er jetzt bereits zum dritten oder vierten Mal. Was ungefähr so etwas heißt wie: *Volltrottel, dämlicher.* Und er meint Annas Vater damit!

Anna und ihr Vater sind nämlich nicht mehr in der Fischbachhütte. Obwohl er sie gewarnt hat, dass das Wetter umschlagen wird. Aber Annas Vater hat nicht auf ihn gehört. Er wollte mit Anna unbedingt weiter zur nächsten Hütte laufen, bis kurz unterm Spitzberggipfel!

»Sie brauchen mindestens noch mal drei Stunden, bis sie da sind«, erklärt Toni jetzt. »Und für heute Abend ist ein Orkan angesagt, vielleicht sogar mit Schnee. Das da draußen ist erst der Anfang.«

Der Fischbacher Toni zeigt zum Fenster, an dem der Regen in Sturzbächen herunterrinnt. »Ich weiß wirklich nicht, was sich manche Touristen einbilden! Die Berge sind gefährlich, vor allem für jemanden, der sich hier nicht auskennt. Aber ich konnte sie ja auch nicht einsperren. Hoffentlich schaffen sie es, bevor das Unwetter richtig losgeht.«

Paul blickt kurz zu seinem Vater, bevor er den Hüttenwirt fragt: »Und sie waren wirklich ganz alleine? Da war kein Hund bei ihnen? Ein schwarz-weißer Border Collie, mit ein bisschen Braun im Gesicht? Wenn man nicht genau hinguckt, könnte man ihn fast für einen Australian Shepherd halten, aber er ist keiner«, redet Paul immer weiter, obwohl er längst gesehen hat, dass der Toni den Kopf schüttelt.

»Ich habe keinen Hund gesehen.«

»Aber irgendwo muss er sein«, erklärt Paul verzweifelt. »Wir wissen, dass er hinter den beiden hergelaufen ist …«

Er dreht sich zum Fenster und presst das Gesicht an die Scheibe, um nach draußen zu blicken. Der Regen ist so stark, dass er kaum noch die Wiese vor der Hütte erkennen kann. Oben am Berghang steht ein einzelner Baum, der wie ein verschwommener Fleck aussieht. Und der Pfad, der sich zwischen den Felsen weiter auf den Berg hinaufwindet, hat sich längst in einen Sturzbach verwandelt. Alles wirkt so verlassen und trostlos, dass Paul heftig schlucken muss.

Und dann sagt sein Vater genau das, was er am wenigsten hören möchte: »Dusty ist immer noch hinter ihnen her. Vielleicht ist er erst hier angekommen, als sie bereits weg waren. Und einfach weiter ihrer Spur gefolgt …«

»Bei dem Regen gibt es keine Spuren mehr«, sagt Paul leise. »Da kann noch nicht mal Dusty irgendwas riechen.«

Aber er weiß, dass Peter wahrscheinlich recht hat. Dusty ist immer noch irgendwo da draußen! Und versucht, Anna und ihren Vater zu finden.

»Auf jeden Fall bleibt ihr jetzt erst mal schön hier«, erklärt der Hüttenwirt, als könnte er Pauls Gedanken lesen. »Ich möchte ganz bestimmt nicht noch mehr Leute alleine am Berg haben, die durch den Regen stolpern. Ich mach euch was zu essen und heute Nacht könnt ihr oben unterm Dach schlafen. Mein letzter Gast ist gestern abgereist, ihr könnt euch also sogar aussuchen, welche Betten ihr haben wollt. Decken und Kopfkissen bekommt ihr von mir.«

Peter nickt. »Das wird wohl die einzige Möglichkeit sein. Wenn das geht, wäre es natürlich gut. Aber wir müssen wenigstens meiner Frau Bescheid sagen! Sie hat vorhin schon versucht, mich auf dem Handy anzurufen …«

Der Toni lacht. »Das Handy könnt ihr hier oben vergessen. Zwischen den Felsen gibt es keinen Empfang. Aber ich habe ein Funkgerät!«

Er winkt sie mit sich in das winzige Büro gleich neben der Küche. Erst als er die Verbindung hergestellt hat und die Stimme der dicken Gertrud aus dem Lautsprecher kommt, fällt Paul wieder ein, dass der Fischbacher Toni ja nicht nur Max' Vater ist, sondern auch der Mann von ihrer Pensionswirtin. Irgendwie hatte er das bei der ganzen Aufregung fast vergessen. Und Tonis Nase ist zumindest genauso krumm und lang wie die des Großvaters, denkt Paul noch, während sie darauf warten, dass Gertrud jetzt Simone und Karlotta aus der Ferienwohnung holt.

Es dauert eine ganz Weile, und dann ist erst mal nur Rauschen und Knacken zu hören, bis der Hüttenwirt die Frequenz neu eingestellt hat und Simone klar und deutlich zu verstehen ist.

»Was ist los? Habt ihr Dusty?«

»Noch nicht«, antwortet Peter. »Aber wir wissen jetzt zumindest, dass er wirklich auf der Suche nach Anna und ihrem Vater ist. Wir können nur im Moment nichts anderes tun, als abzuwarten, bis sich das Wetter bessert. Es gießt hier oben wie aus Kübeln und es wird auch gleich dunkel, wir werden also über Nacht hierbleiben müssen. Anna und ihr Vater sind leider schon wieder weg …«

»Das wollte ich euch vorhin schon sagen! Sie haben

vor, mindestens drei oder vier Tage von Hütte zu Hütte zu wandern, und das erste Mal wollen sie auf der Spitzberghütte übernachten. Das ist …«

»Eine Hütte weiter, ich weiß«, sagt Peter. »Dahin sind sie gerade unterwegs. Wir haben sie leider verpasst.«

»So was Blödes! Aber Paul hat recht gehabt, Karlotta und ich haben ja mit der Mutter gesprochen. Und es ist wirklich die Familie, die früher in unserem Haus gewohnt hat. Und zu der Dusty gehörte, bevor sie ihn ins Tierheim gebracht haben, nachdem der Unfall mit Annas kleiner Schwester passiert war. Sie sind auch immer noch überzeugt, dass Dusty schuld an allem war, obwohl ich der Mutter versucht habe zu erklären, was wir inzwischen wissen. Dass Dusty wirklich nichts dafür konnte und das kleine Mädchen wahrscheinlich sogar retten wollte, nur zu spät gekommen ist. – Wartet mal einen Moment …«

Paul hört ganz deutlich, dass Karlotta im Hintergrund weint.

»Aber wir sind doch jetzt Dustys Familie«, schluchzt sie. »Da braucht er doch die anderen gar nicht mehr. Warum sucht er jetzt nach ihnen? – Ich will mit Paul reden!«, verlangt sie plötzlich. »Jetzt gleich!«

»Aber nur ganz kurz, hörst du?«

»Paul? Bist du da?« Karlottas Stimme klingt so dünn und hoch, dass es ihm wehtut. Er würde sonst was dafür geben, wenn er eine Idee hätte, wie er Karlotta trösten kann. Aber ihm selber geht es ja nicht viel besser!

»Paul?«

»Ja, ich bin hier, ich höre dich.«

»Kommt Dusty dann nie wieder zu uns zurück, wenn er seine alte Familie wiedergefunden hat?«

Paul zögert einen Moment. »Ich weiß es nicht«, antwortet er dann ganz leise. »Sie haben ihn ja schon als Welpen gehabt, für ihn sind sie so was wie seine Eltern, verstehst du? Und egal, was sie gemacht haben, er liebt sie.«

»Und uns liebt er nicht?«

»Doch, bestimmt sogar. Aber das ist was anderes. Er hat seine alte Familie nie vergessen, und jetzt … weiß er wahrscheinlich selber nicht, was er machen soll. Oder zu wem er gehört! Es muss ganz doof für ihn sein, aber er will unbedingt zu ihnen, das ist das Einzige, was für ihn gerade wichtig ist, glaube ich. Keine Ahnung, was dann passiert. Aber wir wissen ja jetzt, wo er hinwill. Und gleich morgen früh machen wir uns auch auf den Weg. Zu dieser anderen Hütte. Ich bin mir ganz sicher, dass wir ihn da finden! Und dann …«

»Versprichst du mir was?«, unterbricht ihn Karlotta.

»Klar. Was denn?«

»Wenn ihr ihn habt, sagst du ihm dann, dass wir ihn liebhaben? Und sagst du ihm, dass er zu uns zurückkommen soll? Sag einfach: Bitte komm zurück, Dusty! Das versteht er schon. Machst du das?«

»Mach ich«, kriegt Paul gerade noch so raus. »Versprochen.«

Dann dreht er sich schnell zur Seite, bevor er sich mit dem Handrücken über die Augen reibt und die Zähne ganz fest zusammenbeißt, um nicht loszuheulen. Alles, was er gerade zu Karlotta gesagt hat, stimmt ja. Nur heißt das eben auch, dass Dusty dann vielleicht für immer bei seiner alten Familie bleiben will!

Er hört, wie sein Vater noch ein paar Sätze mit Simone wechselt.

»Ja«, sagt Peter. »Natürlich essen wir was Ordentliches. Und der Wirt hat auch Decken für uns, mach dir keine Sorgen. Wir schlafen oben unterm Dach. – Was? Nein, nicht auf dem Fußboden, da gibt es richtige Betten, alles prima. Ja, wir passen auf uns auf. Gute Nacht, und gibt der Kleinen noch einen Kuss von mir. Und einen von Paul!«

Peter steht auf und zieht Paul ganz fest an sich.

»Das hast du gut gemacht mit deiner Schwester.

Ich bin stolz auf dich. Und jetzt müssen wir sehen, was aus der ganzen Sache wird. Aber vor allen Dingen müssen wir Dusty erst mal finden!«

»Wird schon«, sagt der Toni. »Passt.«

Paul findet zwar, dass gerade gar nichts passt, aber der Hüttenwirt klopft ihm noch mal aufmunternd auf die Schulter, bevor er sich wieder zum Funkgerät dreht.

»Ich ruf jetzt beim Sepp an.«

»Sepp?«, fragt Pauls Vater.

»Der Sepp vom Spitzberg!« Der Hüttenwirt zeigt auf die Uhr an der Wand. »Jetzt müssen sie langsam angekommen sein. Der Vater mit seiner Tochter, meine ich. Hoffen wir mal. Und mit ein bisschen Glück haben sie vielleicht auch euren Hund dabei. – Sepp? Ja, ich bin's, der Fischbacher.« Die nächsten Sätze spricht er in so einem starken Dialekt, dass Paul kein Wort verstehen kann. Und die Antwort versteht er genauso wenig. Aber dann sagt der Toni wieder: »Passt! Das sind sie!« Er blickt zu Paul und seinem Vater und hebt den Daumen hoch. »Sie sind da. Vor einer halben Stunde eingetroffen. Und bis auf die Haut durchnässt! Aber das geschieht ihnen ganz recht, vielleicht lernen sie ja mal was daraus.«

»Und Dusty?«, fragt Paul aufgeregt. »Ist Dusty auch da?«

Der Toni beugt sich wieder zum Funkgerät. Wieder versteht Paul gar nichts. Aber er sieht, wie der Hüttenwirt die Stirn runzelt und den Kopf schüttelt.

»Nix?«, brüllt er jetzt ins Mikrofon. »Kein Hunderl? Und die Leute haben ihn auch nicht gesehen?«

Paul spürt, wie ihm sein Vater den Arm um die Schultern legt.

Diesmal ist die Antwort klar und deutlich zu verstehen.

»Nix. Hier ist nur der Bello, und der würde anschlagen, wenn's noch einen anderen Hund in der Nähe gäb.«

»Hör zu, Sepp, geh immer mal raus mit dem Bello und schaut, ob ihr ihn nicht vielleicht doch entdeckt. Er muss da irgendwo bei euch sein!«

Der Toni beendet das Gespräch und hebt die Hände, als wollte er sagen, dass er im Moment auch nicht mehr tun könnte.

»Aber ich verstehe das nicht …«, setzt Peter an.

»Dann müssen wir los und Dusty suchen!«, stößt Paul hervor.

»Nein«, sagt der Hüttenwirt. »Nicht im Dunkeln. Er kann sonst wo sein. Das ist zu gefährlich, jetzt über den Berg zu stolpern. Vor allem wenn das Wetter noch schlechter wird. Aber es gibt auf dem Weg zum Spitzberg ein paar Heuschober, wenn euer Hund schlau ist, hat er sich da verkrochen.«

Peter nickt. »Es ist nicht das erste Mal, dass er nachts alleine unterwegs ist. Bei uns zu Hause ist er auch schon ein paarmal verschwunden.«

Paul ist klar, dass sein Vater das nur sagt, um ihn zu beruhigen. Sein Vater weiß genauso wie er, dass es ein Unterschied ist, ob Dusty bei ihnen durch den Wald läuft oder bei strömendem Regen und Kälte über einen Berg irrt, den er nicht kennt.

»Ich mach uns jetzt mal was zu essen«, erklärt der Toni. Er steht auf und verschwindet über eine schmale Stiege nach unten, wo es offensichtlich so was wie einen Vorratsraum gibt. Aber er hat noch kaum die Tür zum Keller geöffnet, als Paul und sein Vater ihn laut fluchen hören. Und dann ruft er, dass sie kommen sollen!

Paul ist als Erster unten. Der Kellerraum ist nicht besonders groß, überall an den Wänden sind Regale mit Lebensmitteln, und von der Decke hängen lange Würste und Schinken, zwischen denen sich Paul durchbücken muss. Die Mauern bestehen aus nacktem Fels, an der einen Seite gibt es eine Tür, die nach draußen führt. Und die Tür steht einen Spalt weit offen und klappert ein bisschen im Wind.

»Kann euer Hund Türen aufmachen?«, fragt der

Toni. Aber bevor Paul überhaupt antworten kann, sieht er schon die feuchten Pfotenabdrücke auf dem Boden. Die direkt bis zu den Würsten führen, die von der Decke baumeln. Und an einem der Haken – hängt nur noch ein Stück Wurstpelle, der Rest fehlt.

»Sauber abgebissen«, stellt der Hüttenwirt fest. »Ich würde sagen, wir hatten Besuch. Und wenn mich nicht alles täuscht, dann war das euer Hund, der sich hier bedient hat.«

»Das heißt«, stammelt Paul, »dann … dann war Dusty hier …«

»Während wir oben am Funkgerät gesessen haben. Passt!«

»Aber … jetzt?«

Der Hüttenwirt greift nach einer schweren Taschenlampe. Dann stößt er die Tür nach draußen auf und lässt den Lichtkegel der Lampe über die Wiese wandern. Der Regen ist inzwischen mit einzelnen Schneeflocken vermischt. Eine dünne weiße Schicht bedeckt das Gras, auf dem sich deutlich die Spur von Dustys Pfoten abzeichnet und ein paar Meter weiter zwischen den Felsen verschwindet.

»Wo geht es da hin?«, fragt Paul, obwohl er die Antwort längst kennt.

»Dreimal darfst du raten! Direkt zum Spitzberg hoch …«

Er wartet so lange, bis er sich absolut sicher ist, dass nur Paul und sein Vater und der fremde Mann in der Hütte mit den Würsten sind. Einmal meint er ganz kurz, Karlottas Stimme zu hören, aber vielleicht hat er sich geirrt. Von Anna hört er gar nichts. Sie ist nicht mehr da!

Er muss also wieder los, auch wenn er am liebsten an der Kellertür kratzen und bellen würde, damit Paul ihn findet.

Es wäre schön, sich jetzt von Paul umarmen zu lassen und mit ihm über den Fußboden zu rollen. So wie sie es sonst immer machen, wenn sie sich für ein paar Stunden nicht gesehen haben und sich freuen, dass es sie immer noch gibt.

Aber das geht nicht. Und Paul ist in Sicherheit, in der Hütte kann ihm nichts passieren. Während Anna irgendwo da draußen im Dunkeln ist. Vielleicht hat sie sich verlaufen und findet den Weg zurück nicht mehr. Und hat Angst, weil sie nicht weiß, was sie jetzt machen soll …

Aber als er sich durch den Türspalt nach draußen schiebt, hat der Regen alle Spuren verwischt. Auch als er die Nase immer wieder ins nasse Gras drückt, kann er nichts riechen außer der matschigen Erde. An der Stelle, wo der Pfad zwischen den Felsen steil nach oben führt, hält er noch einmal an und dreht sich um. Hinter den erleuchteten Fenstern der Hütte sieht er Paul, der das Gesicht gegen die Scheibe drückt und in seine Richtung starrt. Für einen Moment glaubt er, dass Paul ihn auch gesehen hat, aber dann kommt der Vater und zieht Paul vom Fenster weg,

Er schüttelt sich die Nässe aus dem Fell und winselt leise, bevor er weiter dem Pfad folgt. Auch wenn er Annas Spur nicht mehr finden kann, weiß er, dass sie hier gewesen sein muss.

Das Schneetreiben wird jetzt dichter. Der nasse Schnee verklebt ihm die Augen, sodass er sich immer wieder mit der Pfote übers Gesicht wischen muss. Als plötzlich der Mond zwischen den Wolken hervorbricht, setzt er sich auf die Hinterpfoten und reckt die Schnauze zum Himmel. Dann heult er laut seine Verzweiflung in die Nacht, aber von nirgendwo kommt eine Antwort. Und schon ist auch der Mond wieder verschwunden und er ist ganz alleine auf dem Berg.

10. Kapitel

Das Schneetreiben war inzwischen so stark, dass alle Spuren wie ausgelöscht waren. Trotzdem haben sie in der Dunkelheit noch lange das erste Stück des Pfades zum Spitzberg hinauf abgesucht und immer wieder nach Dusty gerufen, bis der Toni schließlich gesagt hat: »Es hat keinen Zweck. Wir müssen umkehren. Je höher wir kommen, umso schlimmer wird es.«

Paul weiß noch, dass er dann zitternd und heulend am Tisch gehockt hat, bis er vor Erschöpfung mit dem Kopf auf den Armen eingeschlafen ist und sein Vater ihn ins Bett getragen hat.

Natürlich hat er von Dusty geträumt, während er sich im Schlaf unruhig hin und her geworfen hat. Erst war es sogar ein schöner Traum, Dusty und er haben nebeneinander auf der Bank vor dem großen Kachelofen gesessen, und jedes Mal, wenn Dusty ihm die Pfote aufs Knie gelegt hat, hat Paul ein Stück von der langen Wurst auf dem Tisch abgeschnitten und Dusty hat es ganz vorsichtig mit den Lippen von seiner Hand genommen. Aber dann war plötzlich nichts mehr von der Wurst übrig. Und Dusty ist aufgesprungen und weggerannt. Einfach zur Tür raus, die ein Stück offen stand.

Paul ist schnell hinter ihm her, aber draußen tobte ein fürchterlicher Schneesturm, und Dusty war spurlos verschwunden. Dann knallte ein Schuss. Und dann noch einer. Und gleich darauf kam mitten aus dem Schneegestöber ein Auerhuhn angeflattert. Direkt auf Paul zu!

Paul konnte gerade noch zur Seite springen, als das Birkhuhn auf seinem Kopf landen wollte. Erst als das Huhn dann wie ein Stein auf den Boden vor seinen Füßen geplumpst ist, hat Paul gesehen, dass sein Gefieder mit Blut verschmiert war. Das Birkhuhn war tot! Im nächsten Moment stand der Förster vor ihm und hat behauptet, dass Paul das Birkhuhn erschossen hätte. Aber bevor Paul noch erklären konnte, dass er doch gar kein Gewehr hat, war plötzlich auch der Großvater da und hat gerufen: »Der Max hat mein Gewehr! Und den Hund hat er auch!«

Und dann hat es wieder geknallt und irgendwo hat ein Hund gebellt – und Paul ist aufgewacht.

Im ersten Moment weiß er nicht, wo er überhaupt ist. Durch das kleine Fenster unter dem Dachgiebel fällt ein graues Dämmerlicht in den Raum. Die Scheibe ist von Schwitzwasser beschlagen. Als Paul sich ein Guckloch freiwischt, sieht er nichts als Schnee. Nur mit Mühe kann er den schief gewachsenen Baum am Berghang erkennen, und quer über die Wiese führen zwei tiefe Fußspuren auf die Hütte zu.

Es muss die ganze Nacht über weitergeschneit haben, denkt er, während er eilig in seine Jeans schlüpft. Aber irgendjemand ist gerade gekommen! Vielleicht gibt es was Neues von Dusty …

Von unten hört er seinen Vater reden. Und es riecht nach gebratenem Speck und Spiegeleiern! Jetzt kann er auch noch andere Stimmen ausmachen, die er sofort erkennt!

Er greift nach seinem dicken Pullover und ist mit ein paar schnellen Schritten die Stiege hinunter – und er hat sich nicht geirrt, Max und sein Großvater sind da!

»Wir haben gedacht, dass ihr vielleicht Hilfe braucht«, erklärt Max. »Deshalb sind wir hier. Damit wir alle zusammen nach Dusty suchen können.«

»Das Unwetter ist vorüber«, sagt der Großvater. »Für heute gibt's keinen Schnee mehr. Wir werden ihn schon finden, euren Hund. Nach dem Frühstück brechen wir auf. Hoch zum Spitzberg.«

Gleich darauf greift er in seinen Mund und holt sein Gebiss heraus, legt es neben den Teller und sagt:

»Fresst alleine!« Als würde er allen Ernstes mit den künstlichen Zähnen reden!

Max grinst und zwinkert Paul zu.

Irritiert sieht Paul einen Moment zu, wie der Großvater seinen Schinken und das Ei ganz klein schneidet und es sich dann zufrieden in den zahnlosen Mund stopft.

Jetzt schiebt der Hüttenwirt Paul einen Teller hin, der so vollgehäuft ist, dass die Schinkenscheiben bis über den Rand hinausragen.

»Das wirst du brauchen, wenn du mit uns auf den Berg willst.«

»Natürlich will ich!«, antwortet Paul schnell, während er sich schon den ersten Bissen in den Mund schiebt. »Dusty ist ja schließlich mein Hund, also muss ich auch mit!«

»Passt«, erwidert der Toni nur und nickt ihm zu, als hätte er keine andere Antwort erwartet.

»Wir finden ihn«, sagt Pauls Vater leise und drückt kurz Pauls Hand, bevor er mit ein paar Sätzen erzählt, dass sie gerade schon über das Funkgerät mit dem Spitzbergwirt gesprochen haben. Oben auf dem Gipfel soll es mindestens einen Meter Neuschnee geben! Und Anna und ihr Vater haben beschlossen, ihre Bergwanderung abzubrechen und sind schon wieder auf dem Weg zurück.

»Der Spitzbergwirt hätte sie selber runtergebracht«, berichtet Peter. »Aber er muss sich erst um den Ziegenstall kümmern. Das Dach ist vom Schnee eingedrückt worden und er muss es reparieren. Aber Anna und ihr Vater wollten nicht so lange warten.«

»Das ist okay«, sagt der Großvater mit vollem Mund. »Den Weg finden sie auch alleine. Es stecken überall Schneestangen als Markierung, da können sie sich gar nicht verlaufen. Ich schätze, wir treffen sie so auf halbem Weg.«

»Aber …«, setzt Paul an. »Haben sie denn …«

Irgendwas von Dusty gesagt, will er fragen. Doch sein Vater unterbricht ihn, als könnte er Gedanken lesen.

»Dusty ist bislang nicht aufgetaucht«, sagt er leise. »Der Spitzbergwirt hat versprochen, dass er uns nachher mit seinem eigenen Hund entgegenkommt …«

»Wir finden Dusty!«, sagt Max. »Du musst dir keine Sorgen machen. Wir haben auch schon mal eine Ziege gerettet, die sich im tiefen Schnee mit dem Huf in einer Felsspalte verklemmt hatte. Und die ganze Nacht im Schneesturm draußen stand. Aber sie hat's überlebt!«

»Passt«, sagt diesmal der Großvater und schiebt seinen leeren Teller zurück, während er nach seinem

Gebiss greift und es sich wieder in den Mund klemmt. Er schmatzt ein paarmal, bis es richtig sitzt, dann nickt er zufrieden und rückt seinen Stuhl zurück. »Aufi! Packen wir's!«

Aber dann brauchen sie doch noch eine ganze Weile, bis sich Paul und sein Vater aus den Sachen, die der Hüttenwirt ihnen bringt, ein paar passende Kleidungsstücke herausgesucht haben, mit denen sie sich in die Kälte und den Schnee hinauswagen können. Am besten findet Paul die Gamaschen, die man sich um die Beine wickeln kann und die von den Schuhen bis zum Knie reichen.

»Da kommt kein Schnee durch«, sagt der Toni.

»Trockene Füße sind wichtig«, erklärt der Großvater.

»Und man muss immer eine Mütze auf dem Kopf haben«, ergänzt Max ein bisschen wichtigtuerisch. »Die meiste Wärme verliert der Körper nämlich über den Kopf!«

Der Toni lacht und dreht sich zu Peter. »Haben Sie's gehört? Mit so einem Sohn brauchst du dir keine Sorgen wegen nichts zu machen«, meint er stolz.

»Stimmt schon«, sagt Peter und nickt. Aber Paul ist sich sicher, dass sein Vater gerade dasselbe denkt wie er. Dass der Hüttenwirt wahrscheinlich keine

Ahnung hat, was Max so alles anstellt, wenn er alleine mit seiner Mutter im Dorf ist. Und zum Beispiel das Gewehr seines Großvaters klaut!

Gleich darauf muss Paul allerdings zugeben, dass er Max fast ein bisschen dafür bewundert, mit welcher Selbstverständlichkeit er jetzt den großen Rucksack packt, den sie mitnehmen wollen. Okay, auf heißen Tee und Müsliriegel wäre er wahrscheinlich selber auch gekommen, aber den Verbandskasten und die Rettungsdecke hätte er mit Sicherheit vergessen! Genauso wie das Fernglas und das Seil und die Kletterhaken, die Max ganz zum Schluss auf den Rucksack bindet. Obwohl Paul nicht ganz klar ist, wofür sie eine Kletterausrüstung brauchen, aber der Hüttenwirt sagt nur: »Passt«, und schiebt noch ein Sprechfunkgerät in seine Tasche, das ein bisschen aussieht wie ein zu großes Handy.

Als sie aus der Hütte kommen, ist die Wolkendecke aufgerissen und eine fahle Sonne steht hoch oben am Himmel. Aber der Wind ist immer noch so kalt, dass der Schnee nicht taut, sondern sogar von einer dünnen Eisschicht überzogen ist, die bei jedem Schritt knirscht und in tausend kleine Teile zersplittert, bevor Paul mit seinen Bergstiefeln bis fast an die Knie einsinkt.

Von einem Felsvorsprung aus hat er noch einmal

einen guten Blick ins Tal hinunter. Und da ist alles grün, ohne den kleinsten Schneeflecken. Paul hätte nie gedacht, dass das Wetter oben auf dem Berg tatsächlich so ganz anders sein kann. Und sie sind noch lange nicht auf dem Gipfel!

Jetzt fällt ihm auch wieder ein, wie der Großvater davon erzählt hat, dass er sich hier oben im Nebel mal verlaufen hat. Obwohl er jeden Baum und jeden Stein genau kannte! Plötzlich meint Paul, irgendetwas Feuchtes in seinem Gesicht zu spüren, und als er sich umblickt, kann er schon kaum noch die Felsspitzen erkennen, die links von ihnen aufragen.

»Ist das Nebel?«, flüstert er Max so leise zu, dass die anderen ihn nicht hören können.

Max schüttelt den Kopf. »Nur Wolken. Keine Panik, wir sind gleich durch!«

Paul kapiert nicht ganz, was Max meint. Aber weder der Großvater noch der Toni scheinen das Ganze irgendwie komisch zu finden, sie stapfen einfach weiter, als wäre nichts. Erst als die grauweißen Fetzen sie fast einhüllen, sagt der Hüttenwirt beruhigend zu Peter: »Gleich kommt die große Überraschung! So was gibt's nur in den Bergen und sonst nirgends.«

»Sag ich doch!«, meint Max.

Und wieder versteht Paul kein Wort. Aber er kann

auch nicht sehen, ob es Peter besser geht. Sein Vater ist nicht viel mehr als ein grauer Schatten irgendwo dicht vor ihm, der sich tapfer hinter den anderen beiden Männern durch den tiefen Schnee schleppt.

Und dann treiben plötzlich nur noch einzelne Fetzen vorüber und die Felsen sind wieder klar und deutlich zu erkennen.

Max stößt Paul an und zeigt nach rechts. Wo weit unter ihnen eigentlich das Tal sein müsste. Aber da ist nur ein endloser Wolkenhimmel! Als würden sie in einem Flugzeug sitzen und die ganze Welt von oben sehen …

»Schön?«, fragt Max.

Paul nickt nur.

Von vorne hört er, wie der Toni sagt: »Für diesen Blick lohnt sich jeder Aufstieg, oder?«

Pauls Vater nickt. Aber dann wirft er einen kurzen Blick zu Paul und sagt: »Noch schöner wäre es allerdings, wenn wir endlich irgendeine Spur von Dusty entdecken würden. Ich verstehe einfach nicht, so er sein soll. Wir laufen doch hier schon seit fast zwei Stunden den Berg hoch …«

»Wir finden ihn«, sagt der Hüttenwirt wieder. Aber Paul meint, zum ersten Mal eine leichte Unsicherheit in seiner Stimme zu hören. Und dann meint der Großvater plötzlich: »Was mir langsam noch mehr Sorgen macht, ist, dass wir den Vater und seine Tochter noch nicht getroffen haben.«

Der Toni holt das Fernglas aus dem Rucksack, um die gleißende Schneefläche vor ihnen nach irgendeiner Bewegung abzusuchen.

»Da vorne kommt der erste Heuschober. Ist so eingeschneit, dass er kaum zu erkennen ist. Aber ich kann ein Stück vom Dach sehen.«

Zehn Minuten später haben sie den Heuschober erreicht. Der Wind hat den Schnee bis zum Dach hinaufgeweht, sodass der Holzschuppen auf den ersten Blick aussieht wie ein weißer Buckel. Aber an der Rückseite ist der Boden fast kahlgefegt und die Tür steht einen Spalt weit offen.

Max ist als Erster da und bückt sich zu den Heubüscheln, die verstreut auf der Türschwelle liegen. Im nächsten Moment dreht er sich um und hält triumphierend ein bisschen Heu in die Höhe.

»Dusty war hier! Guckt mal! Hier sind ein paar schwarze Haare zwischen dem Heu …«

Max hat recht. Das sind eindeutig Haare aus Dustys Fell.

»Wetten, dass er sich heute Nacht im Schober verkrochen hat? Und als der Schneesturm vorüber war, ist er weiter, ganz klar.«

Für eine Sekunde hofft Paul, dass Dusty vielleicht

immer noch in dem Schuppen ist. Aber das Einzige, was sie dann außer den Haaren noch entdecken können, ist eine Kuhle im Heu. Die ungefähr so groß ist wie Dusty!

»Passt«, erklärt der Großvater, während er bereits im Schnee vor dem Heuschober nach weiteren Spuren sucht. Nur leider hat der Wind alles verwischt, außer zwei oder drei Abdrücken, die vielleicht von Hundepfoten stammen könnten, ist nichts mehr zu sehen.

»Weiter«, sagt Max' Vater.

Paul hat jetzt das ungute Gefühl, dass der Hüttenwirt nervös ist. Und er ist sich nicht sicher, ob es dabei um Dusty geht oder um Anna und ihren Vater, die ihnen ja längst begegnet sein müssten.

Auch der Großvater schlägt jetzt ein Tempo an, als hätten sie keine Zeit mehr zu verlieren. Auf der anderen Seite der schneebedeckten Almwiesen ragen wieder schroffe Felswände auf. Ein verwittertes rotes Schild zeigt nach rechts:

SPITZBERGHÜTTE. 1 STUNDE.

Darunter ist ein blaues Schild angebracht, das nach links weist:

SPITZBERGHÜTTE. 45 MINUTEN.

Es gibt also von hier aus zwei Wege zur Hütte hinauf!

Und der Großvater sagt auch schon: »Am besten teilen wir uns auf. Ich nehm den kürzeren Weg, ich bin ja auch nicht mehr der Jüngste.«

»Paul und ich kommen mit dir!«, ruft Max.

Paul blickt zu seinem Vater.

»Find ich gut«, meint Peter. »Dann ist auf beiden Wegen jemand, der Dusty kennt.«

»Auf geht's«, drängelt der Toni und stapft weiter, ohne sich noch mal umzublicken. Peter will noch irgendwas zu Paul sagen, aber dann winkt er nur kurz und beeilt sich, um hinter dem Hüttenwirt herzukommen.

»Okay«, sagt Max, »dann wollen wir mal sehen, wer mehr Glück hat.«

Aber sie sind noch kaum wieder ein paar Minuten unterwegs, als der Großvater immer schwerer atmet und schließlich vornübergebeugt stehen bleibt.

»Was ist?«, fragt Max. »Was hast du?«

Der Großvater braucht einen Moment, bis er genug Luft bekommt, um zu antworten.

»Das Tempo halte ich nicht durch. Ich muss langsamer machen. Aber du kennst den Weg, Max. Folg immer nur der blauen Markierung! Ich komme hinter euch her, lasst mir nur ein bisschen Zeit. Und die Leitern sind verboten, das weißt du!«, setzt er dann noch hinzu und droht Max mit dem Zeigefinger.

Max nickt.

»Ist klar. Ich bin doch nicht lebensmüde!«

Er zieht Paul am Ärmel mit sich. Als sie außer Hörweite sind, fragt Paul: »Was für Leitern? Wovon hat dein Großvater geredet?«

»Wirst du gleich sehen! Los, komm!«

Während Paul hinter ihm herstapft, ärgert er sich. Es ist wieder dasselbe wie gleich am ersten Tag, als Max ihn zum Schießen mitgenommen hat. Und er hatte sich ja geschworen, nie wieder einfach hinter Max herzurennen, ohne genau zu wissen, was er vorhat. Aber diesmal ist es anders, denkt er, um sich selber zu beruhigen. Der Großvater ist ja gleich hinter ihnen! Und außerdem müssen sie Dusty finden und …

»Da!«, unterbricht Max seine Gedanken und zeigt auf den Felsen links von ihnen. Zwei rostige Eisenstangen führen an einem Vorsprung in der rissigen Wand senkrecht nach oben. Und wieder gibt es ein verwittertes Schild:

ÜBER LEITERN ZUR SPITZBERGHÜTTE.

NUR IM SOMMER BEGEHBAR.

»Hä?«, macht Paul.

»Mann, guck doch richtig hin!«

Jetzt erst sieht Paul auch die vereisten Sprossen, die quer zwischen den Stangen angebracht sind und irgendwo oben in schwindelnder Höhe verschwinden.

»Müssen wir da etwa hoch?«, stammelt Paul entsetzt.

»Quatsch«, lacht Max. »Du hast doch den Großvater gehört und es steht ja auch auf dem Schild da. Das ist nur eine Abkürzung für den Sommer. Außerdem wird Dusty bestimmt nicht über die Leitern da geklettert sein. Also komm, hier geht der Pfad weiter, jetzt mach schon.«

Paul stößt erleichtert den Atem aus, den er vor Aufregung angehalten hat. Klar, das war jetzt ziemlich idiotisch von ihm! Natürlich kann Dusty nicht auf einer senkrechten Leiter den Felsen hochgeklettert sein.

Aber keine Minute später hört er plötzlich ein Geräusch, das von allen Seiten zu kommen scheint. Wie ein Jaulen oder …

»Was ist das?«, fragt er und greift nach Max' Arm.

»Das Echo zwischen den Felsen.« Max hebt die Hand und lauscht mit vorgestrecktem Kopf. »Irgendwo da oben bellt ein Hund!«

Es ist mühsam, in dem tiefen Schnee voranzukommen. Immer wieder muss er anhalten, um die Schneeklumpen wegzubeißen, die sich schmerzhaft zwischen die Ballen seiner Pfoten drücken. Die weiße Fläche vor ihm blendet so stark, dass seine Augen tränen und er alles nur wie durch einen Schleier sieht. Undeutlich erkennt er ein paar schwarze Punkte, die hintereinander her über den Berghang kommen.

Er hat schon mehrmals Gämsen getroffen und weiß, dass sie über Felsen klettern können, die für jeden anderen viel zu steil sind. Deshalb flüchten sie normalerweise auch immer nach oben! Aber die Gämsen da vorne rennen in die andere Richtung, nach unten, direkt auf ihn zu!

Er drückt sich flach in den Schnee, mit dem Kopf zwischen den Vorderpfoten, bereit, jeden Moment aufzuspringen. Irgendetwas stimmt nicht. Es scheint, als würden die Gämsen vor einer Gefahr davonlaufen, die ihnen oben am Berg droht. Erst als sie schon kurz vor ihm sind, wechseln sie in großen Sprüngen noch einmal die Richtung und jagen dann ganz dicht an ihm vorbei.

Gleich darauf sind sie im stiebenden Schnee ver-

schwunden. Aber er hat noch ihren Geruch in der Nase, scharf und stechend – die Gämsen hatten Angst, sie sind in Panik geflüchtet!

Vorsichtig hebt er den Kopf und sucht den Berg ab. Fast hätte er die beiden Gestalten vor den Felsen nicht bemerkt, aber dann lässt die Sonne für einen kurzen Moment eine rote Jacke aufleuchten. Das ist Annas Jacke! Anna und ihr Vater sind da oben, er hat sie endlich wiedergefunden …

Mit weit vorgestreckter Schnauze hetzt er über den Schnee, und es ist ihm egal, wie oft er einbricht und bis zum Bauch versinkt, er arbeitet sich immer wieder heraus und rennt weiter. Und sein Herz hämmert, vor Anstrengung und – vor Freude!

Er muss allerdings einen Bogen um die schroffen Felsen herum machen, anders kommt er nicht zu ihnen.

Als er dann das letzte steile Stück geschafft hat, sieht er sie gerade noch auf eine Schneefläche zulaufen, die der Wind zwischen den großen Steinblöcken aufgehäuft hat. Annas Vater ruft etwas. Und Anna dreht sich lachend um und winkt ihm zu. Ihr Vater macht ein Foto von ihr. Und zeigt ihr mit der Hand, wo sie sich als Nächstes hinstellen soll …

Er spürt die Gefahr, noch bevor er nah genug bei den beiden ist, um ihnen den Weg abzuschneiden. Und er muss jetzt bellen, um sie zu warnen, anders geht es nicht. Auch wenn sie sich erschrecken, aber sie müssen von dieser Schneefläche verschwinden. Sie sind viel zu dicht am Abgrund, der gleich hinter den Felsen nach unten stürzt.

Als sie ihn bellen hören, bleiben sie stehen und starren ihn erschrocken an. Aber es ist schon zu spät. Er schafft es nicht mehr, sie zurückzutreiben. Er spürt, wie der Schnee unter ihm plötzlich ins Rutschen kommt. Anna kreischt und wirft die Arme hoch, und ihr Vater will sie noch halten, aber dann scheint der Boden unter seinen Füßen verschwunden zu sein, und sie stürzen beide über die Kante.

11. Kapitel

»Wir müssen jetzt doch hier hoch!«, ruft Max und greift nach den Eisenstangen der Leiter. »Es geht nicht anders, dein Hund ist da oben, und das musst du später auch dem Großvater sagen. Und meinem Vater!«

Er setzt einen Fuß auf die unterste Sprosse und reibt mit der Schuhsohle hin und her, bis das Eis abplatzt.

Dann dreht er sich wieder zu Paul. »Du brauchst keine Angst zu haben, es geht. Ich bin schon mal im Winter hochgeklettert. So schlimm ist das gar nicht. Das Schild haben sie nur aufgestellt, damit keine Feriengäste abstürzen.«

»Aber … ich bin ein Feriengast«, stammelt Paul. »Ich glaube, ich kann das nicht.« Er war ja gerade erst noch so erleichtert gewesen, als Max die Abkürzung über die Leiter nicht nehmen wollte. Aber jetzt haben sie Dusty dort oben gehört!

»Haha!«, sagt Max. »Mann, du wirst doch in deinem Leben schon mal eine Leiter hochgeklettert sein! Also los, jetzt stell dich nicht so an. Pass einfach auf, was ich mache, und mach es genauso. Und nie nach unten gucken, klar?«

Von oben kann Paul wieder das Hundebellen hören. Ganz kurz überlegt er, ob es vielleicht gar nicht Dusty ist, der da bellt. Sondern der andere Hund, der vom Spitzbergwirt, der ja auch nach Dusty suchen wollte. Aber er weiß selber, dass er sich nur etwas vormacht, weil er Angst hat. Das da oben ist Dusty – und er braucht seine Hilfe!

Max ist inzwischen schon ein Stück die Leiter hinaufgeklettert und ruft jetzt ungeduldig: »Wo bleibst du denn? Es ist wirklich nicht besonders schwierig. Du musst nur aufpassen, dass du nicht abrutschst. Also immer erst einen Fuß hochnehmen, wenn der andere steht, klar?«

Paul holt tief Luft und folgt Max. Er klammert sich mit den Händen in den dicken Fäustlingen an die Eisenstangen und setzt vorsichtig einen Fuß nach dem anderen auf die Sprossen. Ganz langsam steigt er Meter für Meter in die Höhe, während er merkt, wie ihm unter der Jacke der Schweiß über den Rücken läuft. Aber jedes Mal, wenn er kurz davor ist, einfach aufzugeben und rückwärts nach unten zu klettern, hört er Dusty bellen. Und klettert weiter! Mit den Augen immer nur auf die Felswand vor ihm und die nächste Sprosse gerichtet …

Dann spürt er plötzlich Max' Hand an seiner Schulter.

»Hier ist ein Vorsprung im Felsen. Noch zwei Sprossen, dann bist du da, warte, ich helfe dir.«

Max packt ihn unter der Achsel und zieht ihn über die Kante. Der Vorsprung ist gerade so breit, dass sie sich aufrichten und nebeneinander stehen können. Aber als Paul den Kopf in den Nacken legt und an der steilen Wand nach oben blickt, kann er kaum das Ende der nächsten Leiter erkennen. Sie haben noch nicht mal die Hälfte geschafft!

»He!«, sagt Max leise, als könnte er Pauls Gedanken lesen, »du machst das gut. Der Rest sieht schwieriger aus, als es ist. Und außerdem scheint die Sonne da auf den Felsen, also sind die Stangen jetzt auch nicht mehr vereist. Das schaffen wir leicht!«

Von irgendwo unter ihnen hören sie eine Stimme. Der Großvater! Max legt sich flach auf den Bauch und schiebt seinen Kopf über die Kante.

»Wir sind hier!««, ruft er nach unten. »Pauls Hund ist oben auf dem Felsen. Wir haben ihn bellen gehört. Und wir sind gleich bei ihm. Es wäre gut, wenn ihr uns da oben entgegenkommt. Ich habe keine Ahnung, was passiert ist, aber irgendwas stimmt da nicht.«

Paul meint, den Großvater deutlich fluchen zu hören.

»Alles klar«, sagt Max, während er sich wieder aufrichtet. »Der Großvater braucht vielleicht noch mal zehn Minuten, bis er an der Stelle ist, wo er wieder mit den anderen zusammentrifft. Von da führt ein Weg auf die Felsspitze über uns raus. Wenn sie sich beeilen, können sie es in einer halben Stunde schaffen. Los, komm, weiter!«

Paul hat keine Ahnung, wie er das letzte Stück schafft, aber dann ist da wieder Max' Hand, die ihn an der Jacke packt und über das Ende der Leiter zieht. Und er hat sich gerade erst auf den festen Boden gerollt, da ist auch schon Dusty bei ihm und leckt ihm winselnd das Gesicht ab!

»Dusty!«, stammelt Paul. »Dusty! Wo warst du bloß? Was machst du denn für Geschichten?«

Die Tränen laufen Paul übers Gesicht, während er Dusty immer wieder an sich presst. Und er kriegt kaum mit, wie sich Max neben ihm aufrichtet und mit zusammengekniffenen Augen über die Schneefläche blickt.

»Da stimmt was nicht, Paul!«, stößt er plötzlich atemlos hervor. »Da drüben, zwischen den Felsen, siehst du das?«

Im gleichen Moment zieht Dusty den Kopf aus Pauls Armen und fängt wieder an zu bellen.

»Was ist los, Dusty? Was hast du denn?«

Dusty stößt erst Paul mit der Schnauze an und dann Max. Immer noch bellend rennt er ein paar Meter auf seiner eigenen Spur zurück. Hält wieder an und blickt sich um, ob sie ihm folgen. Und bellt wieder. So hoch und panisch, wie Paul ihn noch nie vorher hat bellen hören.

»Er will uns irgendwas zeigen!« Paul rappelt sich auf. »Okay, Dusty, wir kommen!«

Keuchend laufen sie hinter Dusty her. Und je näher sie an die Felsen herankommen, umso deutlicher sieht jetzt auch Paul, was Max gemeint hat. Der Schnee ist völlig zerwühlt, und dann sind da plötzlich nicht nur Dustys Pfotenabdrücke, sondern auch Stiefelspuren. Eine große und eine kleinere. Anna und ihr Vater, denkt Paul noch, als Max ihn am Arm zurückhält.

»Warte! Nicht weiter! Das sieht aus, als wäre da ein Schneebrett weggebrochen. Wir müssen vorsichtig sein!«

Als er merkt, dass Paul nicht weiß, wovon er redet, setzt er hinzu: »Der Sturm hat den Schnee zwischen den Felsen aufgehäuft und immer weiter über die Kante hinausgeschoben, bis sich so eine Art Brett über dem Abgrund gebildet hat. Und wenn man sich nicht auskennt, denkt man, es wäre alles noch sicherer Boden unter einem, dabei …«

Er hebt hilflos die Arme, aber Paul hat schon kapiert, was er meint.

»Du glaubst, sie sind … Anna und ihr Vater sind … abgestürzt?«, stottert er.

Max nickt nur. »Wir müssen näher ran, aber ganz langsam, bleib dicht hinter mir!«

Direkt vor ihnen läuft Dusty in dem zerwühlten Schnee winselnd auf und ab.

»Zurück, Dusty!«, stößt Paul hervor. »Hierher!«

Dusty bleibt stehen und bellt wieder.

Max tastet sich an dem Felsen neben ihnen bis zur Kante, dann kniet er sich hin und streckt den Kopf vor.

»Da liegt jemand, ein paar Meter weiter unten. Ein Mann! Und er bewegt sich.«

»Und Anna? Wo ist Anna?« Paul schiebt sich so weit neben Max, bis er auch etwas erkennen kann: Ein Stück unter ihnen im Schnee liegt ein Mann neben einem umgestürzten Baumstamm. Annas Vater!

Von Anna ist nichts zu sehen.

Dusty winselt wieder. Vorsichtig klettert er auf einen Stein, der aus dem Schnee herausragt. Und von da auf den nächsten, der ein Stück tiefer liegt.

»Nicht, Dusty!«, ruft Paul ängstlich. »Nicht weiter!«

»Warte!«, sagt Max. »Lass ihn, er weiß, was er tut!

Siehst du die Spuren? Er war schon mal da unten. Und ist alleine wieder hoch, um uns zu holen. Los, das schaffen wir auch!«

Als Dusty sieht, dass sie ihm folgen, bellt er kurz. Dann setzt er zu einem Sprung an und landet mit dem Kopf im Schnee, überschlägt sich zweimal und rutscht in einer Schneelawine auf dem Bauch weiter, bis er bei Annas Vater ist.

Max und Paul hangeln sich hinter ihm her über die Steine nach unten, bevor sie das letzte Stück ebenfalls rutschen müssen. Als sie kurz vorm Baumstamm wieder zum Halten kommen, spuckt Paul eine ganze Ladung Schnee aus und spürt deutlich, wie er am ganzen Körper zittert, als ob seine Muskeln ihm vor Kälte und Nässe nicht mehr länger gehorchen wollen.

Max hat sich schon über Annas Vater gebeugt und klopft ihm mit den Händen abwechselnd auf die Wangen. »Hallo? Hören Sie mich? Alles wird gut, wir sind da. Können Sie sagen, ob Sie verletzt sind? Haben Sie irgendwo Schmerzen?«

»Mein Fuß«, stöhnt Annas Vater, ohne die Augen aufzumachen.

Paul sieht, dass sein rechter Fuß in einem komischen Winkel vom Bein absteht.

»Gebrochen«, flüstert Max Paul nach einem kurzen Blick auf das Bein zu, bevor er laut sagt: »Das wird wieder. Wir holen Sie hier raus. Aber erst mal müssen Sie uns sagen, wo Ihre Tochter ist! Wissen Sie das?«

»Anna«, flüstert ihr Vater und will sich aufrichten. »Sie ist …«

Dann sackt er zurück und stöhnt wieder nur.

»Anna, ja«, wiederholt Max. »Wo ist sie? Wissen Sie das? Können Sie uns sagen, was passiert ist?«

Während Max noch versucht, eine Antwort zu bekommen, blickt Paul sich um. Gleich neben dem Baumstamm führt eine schmale Felsrinne auf den nächsten Abgrund zu, und zwischen den Schneebrocken leuchtet irgendetwas Buntes. Paul bückt sich und zieht eine Wollmütze hervor. Annas Mütze!

»Der Schnee hat mich gegen den Baumstamm geworfen«, hört er Annas Vater jetzt hinter sich sagen. »Aber Anna ist … noch weitergerissen worden. Da runter!«

Er hebt mühsam den Arm und zeigt auf die Felsrinne.

Paul dreht sich zu Max und hält die Mütze hoch. Er sieht, wie Max heftig schluckt, als er begreift, was das bedeutet.

Jetzt erst nimmt Paul auch wieder Dustys Winseln wahr. Dusty ist in der Felsrinne bis an die Kante gekrochen. Er kratzt mit den Pfoten im Schnee und winselt und jault.

Im gleichen Moment hört er die Stimme des Großvaters, die Max und ihm irgendetwas zuruft. Der Großvater muss ihnen über die Leiter gefolgt sein! Und er ist schon dabei, in dem Felsgeröll zu ihnen abzusteigen.

Dann hört er Dusty wieder bellen. Ein einziges Mal nur. Und es klingt wie ein verzweifelter Hilferuf! Als er herumfährt, sieht er gerade noch, wie Dusty sich mit den Pfoten abdrückt und in die Tiefe hinunterspringt.

Der Felsen ist sehr hoch, aber er hat Glück und landet in einer Mulde zwischen zwei scharfkantigen Steinbrocken, sodass der tiefe Schnee den Aufprall dämpft. Als die kalte weiße Masse über ihm zusammenschlägt, bekommt er für einen Moment keine Luft mehr. Verzweifelt rudert er mit den Beinen, um wieder an die Oberfläche zu gelangen, bis er es schließlich schafft, sich aus dem Loch herauszuarbeiten. Er spürt jeden einzelnen Muskel, und er zittert vor Aufregung, aber er hat sich nicht verletzt. Nur die rechte Vorderpfote schmerzt ein bisschen, als er sich vorsichtig aufrappelt. Und er hat Mühe zu atmen, als wäre sein Brustkorb zu eng.

Nachdem er sich den Schnee aus dem Fell geschüttelt hat, hebt er die Nase in die Luft, um Annas Witterung aufzunehmen. Ganz schwach meint er, ihren Geruch zu erkennen, aber er kann die Richtung nicht ausmachen.

Von weit oben hört er Paul aufgeregt nach ihm rufen. Er bellt eine kurze Antwort, dann sucht er den Schnee vor sich nach einer Fußspur ab. Seine Vorderpfote tut immer noch weh, er humpelt ein bisschen.

Er läuft jetzt im Zickzack, um auf keinen Fall einen

Abdruck von Annas Schuhen zu übersehen. Aber da ist nichts, der Schnee sieht vollkommen unberührt aus. Erst als er schon fast an dem Bachlauf ist, in dem tosend das Wasser zwischen den Steinen hindurchschießt, entdeckt er die Spur eines Tieres. Die Abdrücke der Pfoten sind größer als seine eigenen und an den Kanten kann er deutlich die Spuren von Krallen sehen.

Er wühlt seine Schnauze in die Vertiefung und pustet die Luft zur Seite, bis er den Geruch erkennt. Das war eine Katze, die kurz vor ihm hier gewesen ist! Und es muss eine große Katze gewesen sein, der Geruch ist so stechend, dass sich unwillkürlich seine Nackenhaare aufstellen.

Hastig schlappt er ein paar Schlucke eiskaltes Wasser, dann arbeitet er sich in mühsamen Sprüngen wieder den Abhang hinauf, zurück zu der Stelle, wo er gelandet ist. Und diesmal findet er auch Annas Spur! Sie führt in einem weiten Bogen zu einer Felswand hinüber, von der unaufhörlich das Wasser auf den Boden tropft und sich mit dem Schnee zu einem schwarzbraunen Matsch vermischt, in dem die Abdrücke von Annas Stiefeln deutlich zu erkennen sind.

Er folgt der Spur ein ganzes Stück, mit der Nase dicht über dem Boden. Auf beiden Seiten ragen jetzt steile Felsen auf, an einer Stelle ist der Durchgang so schmal, dass er mit dem Fell an dem nassen Stein entlangscheuert, gleich darauf muss er über einen Haufen Geröll klettern, das von oben herabgestürzt ist. Dann ist plötzlich wieder eine freie Fläche vor ihm, aber der Schnee sieht grau und stumpf aus, und er hat Mühe, die Spur vor sich zu erkennen. Es scheint so, als würde sie im Nichts verschwinden! Als er sich umblickt, sind auch die Felsen hinter ihm nicht mehr da, und er kann kaum noch seine eigenen Pfotenabdrücke sehen.

Mehrmals leckt er sich mit der Zunge über die Schnauze, bis er begreift, dass die Feuchtigkeit, die ihm die Nasenlöcher verklebt, in der Luft hängt und ihn einhüllt wie ein grauer Vorhang. Es ist auch unmöglich, noch irgendetwas zu riechen, egal wie oft er prüfend die Luft einzieht. Wie blind tappt er auf der undeutlichen Spur im Schnee weiter, aber dann verändern sich die Abdrücke, der Schnee vor ihm ist plattgedrückt, als wäre Anna hingefallen und dann nicht mehr aufgestanden, sondern gekrochen!

Nach ein paar Metern sieht er den Schatten im Schnee, wie ein dunkler Fleck, der sich nicht bewegt. Mit zwei schnellen Sprüngen ist er da, winselnd stößt er Anna die Schnauze unters Kinn, bevor er anfängt, ihr das Gesicht abzulecken. Aber sie rührt sich nicht! Sie macht noch nicht mal die Augen auf, und erst als er mit dem ganzen Körper auf sie kriecht und sich ganz fest an sie presst, spürt er plötzlich ihre Hand in seinem Nackenfell.

Sie lebt! Aber sie können hier nicht liegen bleiben, er muss sie aus dem Schnee wegbekommen, irgendwohin wo es trocken ist. Und wenn sie nicht alleine laufen kann, muss er sie ziehen! Unter einem der Felsen ist eine Höhle, gleich da, wo er über das Geröll geklettert ist …

Vorsichtig packt er mit der Schnauze ihren Jackenkragen, dann stemmt er mit aller Kraft die Pfoten in den Schnee. Und Stück für Stück schafft er es, sie hinter sich herzuzerren.

Als er endlich die Höhle erreicht, ist er vollkommen am Ende seiner Kräfte. Hechelnd bleibt er für einen Moment neben Anna liegen und starrt sie so lange an, bis sie zum ersten Mal die Augen öffnet. Ihre Stimme ist so schwach, dass er sie kaum verstehen kann, als sie immer wieder flüstert: »Jack! Jack …«

Sie hat ihn erkannt. Und sie hat keine Angst mehr vor ihm, sie weiß, dass er ihr helfen will!

Aber gleich darauf irrt ihr Blick über ihn hinweg und ihre Augen werden starr vor Schreck. Im nächsten Moment hört er das Fauchen in seinem Rücken. Er kann sich in letzter Sekunde zur Seite werfen, bevor auch schon die Krallenpfote neben ihm auf den Boden schlägt, genau da, wo eben noch sein Kopf war. Er springt auf und fährt mit zurückgezogenen Lefzen herum. Tief unten aus seiner Kehle kommt ein warnendes Knurren, als er jetzt den Schatten im Eingang der Höhle erkennt.

So eine große Katze hat er noch nie gesehen. Sie ist riesig! Ihr Fell ist gefleckt und die Ohren stehen merkwürdig spitz in die Höhe, und ihr Fauchen jagt ihm einen Schauer über den Rücken. Aber was ihm wirklich Angst macht, sind die beiden langen Fangzähne, die in der weit aufgerissenen Schnauze gelblich leuchten …

Anna stößt einen jammernden Laut aus und versucht, rückwärts von der Katze wegzukriechen. Er macht einen schnellen Schritt zur Seite, um sich schützend vor Anna zu stellen. Die Katze reagiert sofort und schlägt wieder mit der Pfote nach ihm, er spürt einen stechenden Schmerz, als die Krallen durch das Fell an seiner Schulter dringen und ihm die Haut aufreißen. Aber bevor er zuschnappen kann, ist die Katze schon wieder zurückgewichen und beobachtet ihn mit böse funkelnden Augen.

Er weiß, dass er in einem Kampf keine Chance gegen sie hat. Sie ist zu schnell für ihn.

Aber er muss Anna verteidigen! Er muss die Katze vertreiben, sonst wird sie nicht nur ihn anfallen, sondern auch Anna. Sie ist wütend und sie fühlt sich bedroht, weil sie in ihrer Höhle sind.

Er duckt sich und streckt den Kopf weit nach vorne, während er wieder warnend knurrt. Die Katze antwortet sofort mit einem neuen Fauchen. Aber jetzt schafft er es, ihre Augen in dem Dämmerlicht zu fixieren. Und er lässt ihren Blick nicht mehr los!

Ohne die geringste Bewegung starrt er die Katze an, bis alles um ihn herum verschwimmt und da nur noch diese beiden gelben Augen sind, die ihn zwingen wollen, aufzugeben und wegzublicken. Und er ist kurz davor zu blinzeln, weil seine eigenen Augen vor Anstrengung anfangen zu tränen, als er sieht, dass sich im Blick der Katze etwas verändert.

Erst zieht sie nur die Lider etwas zusammen, dann schließen sich ihre Augen bis auf einen schmalen Spalt – und dann setzt sie sich plötzlich auf ihre Hinterpfoten und gähnt. Gleich darauf wendet sie den Kopf zur Seite und reibt ihr Kinn an der Schulter, bevor sie ganz langsam zum Eingang der Höhle zurückweicht, wo sie sich plötzlich umdreht und mit langen Sprüngen im Nebel verschwindet.

12. Kapitel

Paul hockt vor dem Funkgerät in der Hütte. Sein Vater sitzt neben ihm und reibt sich immer wieder über die unrasierten Wangen. Sie haben beide in der letzten Nacht kaum geschlafen und jetzt ist es gerade erst hell geworden. Aber der Hüttenwirt ist schon wieder draußen auf dem Berg, zusammen mit Max und dem Großvater. Um weiter nach Anna und Dusty zu suchen!

Nachdem sie Annas Vater gestern gefunden hatten, war klar, dass er schnellstens ins Krankenhaus musste. Der Fuß sah ziemlich übel aus! Während der Großvater einen Notverband angelegt hat, hat Annas Vater ständig nach Anna gefragt und auch immer wieder nach ihr gerufen. Und sie haben nur mit Mühe rausgekriegt, was eigentlich passiert war. Aber als er erzählt hat, wie sie von dem markierten Weg abgebogen sind, um ein paar Fotos zu machen, hatte Paul das deutliche Gefühl, dass der Großvater ihn am liebsten jetzt noch geohrfeigt hätte. Aber dann hat er nur irgendwas vor sich hingeflucht, was allerdings mit Sicherheit nicht besonders nett gemeint war.

Von der Kante aus haben Max und Paul den Abgrund abgesucht, aber zwischen den Felsen war es so dunkel, dass sie unmöglich erkennen konnten, ob Anna da unten lag. Und als sie selber nach ihr gerufen haben, kam keine Antwort. Nur Dusty hat einmal kurz gebellt! Dann war wieder alles still …

Und dann war plötzlich der Hubschrauber der Bergwacht da, die der Toni inzwischen alarmiert hatte, als weder der Großvater noch Max oder Paul wieder aufgetaucht waren, und auch von Anna und ihrem Vater nach wie vor jede Spur fehlte.

Kurz nach dem Hubschrauber haben dann auch Toni selber und Peter die Unglücksstelle erreicht, zusammen mit dem Wirt von der Spitzberghütte und seinem Hund. Und keine fünf Minuten später war Annas Vater schon im Hubschrauber!

Es ging alles so schnell, dass Paul kaum mitgekriegt hat, wie die Männer verabredet haben, dass die Bergwacht sofort zurückkehren würde, sowie sie Annas Vater ins Krankenhaus geflogen hatten. Um dann Anna zu holen, die ja irgendwo unten in der Schlucht sein musste und wahrscheinlich nur mit einem Seil und einem Tragegurt vom Hubschrauber aus da rausgeholt werden konnte. Der Toni wollte in der Zwischenzeit versuchen, nach unten zu kommen, um sie zu finden. Sie und Dusty!

Nur hat sich dann schnell herausgestellt, dass das Gestein zu rissig war, um sich problemlos abseilen zu können. Der Toni hat es trotzdem riskiert, und er hat es auch geschafft, aber dann mussten sie die Suche abbrechen, weil plötzlich dichter Nebel aufzog und es unmöglich war, irgendwelchen Spuren zu folgen.

Als er kreidebleich wieder bei ihnen war, konnte er nichts anderes berichten, als dass er weder Anna noch Dusty am Fuß der Klippe gefunden hatte.

»Da steht eine hohe Kiefer genau an der Felswand, ich habe ein paar abgebrochene Äste entdeckt, mit sehr viel Glück ist Anna vielleicht in dem Baum gelandet und die Zweige haben ihren Aufprall abgefangen. Das wäre zumindest die einzige Erklärung dafür, dass sie nicht da unten lag.«

»Aber wo ist sie hin?«, hat Pauls Vater gefragt.

»Losgelaufen, irgendwohin, nur runter vom Berg! Sie wird nach dem Absturz einen Schock gehabt haben. Und hat in Panik gehandelt … und sich verlaufen!«

»Und Dusty hat ihre Spur gefunden und ist hinter ihr her!«, hat Paul gerufen. Um gleich darauf hinzuzusetzen: »Ihr glaubt doch auch, dass er noch lebt, oder? Das sie beide noch leben …«

Als der Hüttenwirt anstelle einer Antwort nur mit den Schultern gezuckt hat, war es Max, der Paul schnell zugeflüstert hat: »Klar lebt Dusty noch! Wir haben ihn ja noch bellen gehört und er ist schlau! Denk nur daran, wie er die Wurst bei Papa geklaut hat und dann für die Nacht in den Heuschober gekrochen ist! Und bestimmt hat er Anna gefunden und … alles wird gut.«

Aber Paul hat schon gewusst, dass Max ihn nur beruhigen wollte. Und dass es überhaupt nicht sicher war, was mit Dusty oder Anna passiert war.

Wegen des Nebels ist dann auch der Hubschrauber gar nicht erst zurückgekommen. Und außerdem wurde es inzwischen dunkel! Also mussten sie alles abblasen und bis zum nächsten Morgen warten.

Natürlich haben Paul und sein Vater in der Nacht noch mit Simone telefoniert, um ihr und Karlotta alles zu erzählen. Und heute Morgen gleich noch mal! Ohne dass sie mehr sagen konnten, als dass die Suche jetzt weitergeht. Aber dass Paul und sein Vater in der Hütte bleiben sollen, weil sie sowieso keine große Hilfe wären, sondern sich womöglich nur selber in Gefahr bringen würden.

»Gut«, hat Simone gesagt. »Dann fahre ich jetzt zum Krankenhaus und versuche, Annas Eltern zu beruhigen. Ich habe vorhin schon mit der Mutter gesprochen, sie haben ihren Mann gestern noch operiert, weil der Bruch ziemlich kompliziert war. Aber ihre größte Sorge gilt natürlich Anna, dass sie gerettet wird. Sagt mir bitte sofort Bescheid, wenn ihr etwas Neues wisst. Und auch wegen Dusty«, hat sie nach einer kurzen Pause noch hinzugesetzt. Und Paul hat deutlich gehört, dass sie sich Mühe geben musste, nicht zu verzweifelt zu klingen. »Wer weiß, was der Kleine schon alles durchgemacht hat. Ich hoffe nur, dass er nicht verletzt ist und sie ihn bald finden ...«

Und das ist auch genau das, was Paul jetzt gerade selber wieder denkt. Hoffentlich lebt Dusty überhaupt noch! Hoffentlich finden die Männer Anna und ihn. Und es ist ihm völlig egal, ob Dusty dann jemals zu ihnen zurückkommt. Selbst wenn er lieber bei Anna und seiner Familie bleiben will, Hauptsache, er überlebt!

Paul wischt sich schnell mit den Fäusten über die Augen und blickt zu seinem Vater hinüber. Aber der starrt nur das Funkgerät an, als könnte er es dadurch zwingen, endlich etwas anderes von sich zu geben als das ständige Rauschen und Knacken. Irgendeine Nachricht, was da oben am Berg gerade passiert!

Jetzt hören sie eine Stimme.

Peter hebt die Hand, während er sich so weit nach vorne beugt, dass er mit dem Gesicht fast gegen den Lautsprecher stößt.

»Wir sind jetzt hier wieder unterhalb der Klippe«, meldet der Toni. »Aber es hat in der Nacht getaut, der meiste Schnee ist bereits geschmolzen. Ein paar Spuren sind noch zu erkennen, aber wir können unmöglich entscheiden, wo sie hinführen! Könnt ihr von da oben den Bachlauf erkennen? Es scheint mir gerade die beste Möglichkeit zu sein, wenn wir ihm folgen. Vielleicht haben das Mädchen und der Hund denselben Weg genommen. Der Bach führt um die Felsen herum und dann über eine Almwiese zum Wald hinüber. Seht ihr das?«

Erst als seine Stimme von einem lauten Knattern übertönt wird, begreift Paul, dass der Hüttenwirt gar nicht mit ihnen redet. Sondern dass sie die Funkverbindung zum Hubschrauber mitanhören! Von dem jetzt auch undeutlich eine Antwort kommt: »Wir sehen den Bach und auch die Felsen, wir sind genau drüber und …«

Die Verbindung ist so schlecht, dass Paul nur noch einzelne Wörter verstehen kann.

»Jetzt … über der Almwiese … immer noch viel Schnee, aber …«

»Könnt ihr irgendwelche Spuren ausmachen?«

»Wir gehen noch weiter runter … Doch, da! Es sieht aus, als ob … warte! Da ist noch was! In einer Felsspalte … Mann, ich glaub's ja wohl nicht! Das ist tatsächlich … jetzt kommt er auf die Schneefläche gelaufen … er läuft im Kreis! Ich fasse es nicht, er will uns zeigen, dass wir hier landen sollen!«

»Dusty«, flüstert Paul. Seine Stimme ist so leise, dass sie kaum zu hören ist.

Aber sein Vater hat ihn verstanden. Und greift nach seiner Hand und drückt sie so fest, dass es fast wehtut.

Dann starren sie gemeinsam auf den Lautsprecher und wagen kaum, sich zu bewegen, bis endlich wieder die Stimme des Hüttenwirts ertönt.

»Könnt ihr da runter?«

»Unmöglich, der Hang ist zu steil. Aber ich seil mich ab! Ich bin schon dabei, mich fertig zu machen …«

Wieder ist für einen Moment nur Rauschen zu hören. Und das ohrenbetäubende Geknatter der Rotorblätter. Aber dann dringt ein heiseres Bellen durch den Lärm!

Paul hält vor Aufregung den Atem an. Und noch einmal schwört er sich im Stillen, nicht darauf zu hoffen, dass Dusty zu ihnen zurückkommt. Wenn er nur gerettet wird, und wenn Anna noch lebt, dann ist alles andere egal, selbst wenn er für immer auf Dusty verzichten muss!

»Ich bin jetzt unten«, hören sie die Stimme des

Mannes von der Bergwacht. »Und ich folge dem Hund. Da ist eine enge Spalte zwischen den Felsen. Es sieht aber aus, als wäre der Durchgang von Geröll versperrt …«

Dann reißt die Verbindung ab.

Peters Finger trommeln auf der Tischplatte. Und Paul hat das Gefühl, als würde ihm irgendetwas die Luft abschnüren. Es dauert ein paar Minuten, ohne dass irgendetwas passiert. Als plötzlich Tonis Stimme klar und deutlich zu verstehen ist, zucken Paul und sein Vater zusammen.

»Hört ihr mich? In der Fischbachhütte, meine ich!«

»Ja«, krächzt Pauls Vater. »Ja, wir hören Sie!«

»Gut. Wir haben das Mädchen. Sie ist stark unterkühlt, aber sie lebt. Und außer ein paar Schrammen und wahrscheinlich Prellungen von ihrem Sturz hat sie keine Verletzungen weiter. Die Bergwacht fliegt sie jetzt sofort ins Krankenhaus. Euren Hund nehmen sie im Hubschrauber mit. Er ist völlig erschöpft. Und es ist sicher besser, wenn er von einem Tierarzt untersucht wird. Die Kollegen von der Bergwacht kümmern sich darum. Aber ich denke, ihr könnt ihn dann schon bald aus der Praxis abholen.«

»Paul?«, kommt jetzt Max' aufgeregte Stimme aus dem Lautsprecher.

»Ja?«, fragt Paul zurück.

»Dusty ist super! Das wollte ich dir nur schnell sagen. Absolut super! Und wenn du ihn mal nicht mehr haben willst, nehme ich ihn sofort. Kein Problem …«

»W… w… was?«, stottert Paul. »Wieso …«

Erst als er Max lachen hört, kapiert er, dass das nur ein Witz sein sollte. Natürlich glaubt Paul für keine Sekunde daran, dass er Dusty nicht mehr haben wollte. Aber Max hat ja auch keine Ahnung, was Paul sich geschworen hat. Und vielleicht ist Dusty wirklich nicht mehr lange bei ihm, sondern will lieber zu seiner alten Familie zurück!

13. Kapitel

Zwei Tage später

Die Sonne scheint. Auf der Wiese hinter dem Fischbacherhof blühen die ersten Himmelsschlüssel und die Krokusse leuchten in allen Farben.

Der Schneesturm auf dem Berg scheint so lange her zu sein, dass es Paul vorkommt, als wäre das Ganze vor Ewigkeiten passiert und schon kaum noch wahr. Dabei sind es erst zwei Tage, seit die Bergwacht Anna und Dusty gerettet hat! Zwei Tage, in denen sie alle kaum zur Ruhe gekommen sind. Weil sie natürlich Anna im Krankenhaus besuchen mussten, und außerdem waren sie noch mal zusammen beim Toni, um Simone und Karlotta die Hütte zu zeigen. Und um sich zu bedanken! Weil die ganze Sache ohne Max' Vater mit Sicherheit nicht gerade noch so halbwegs gut ausgegangen wäre.

Zwischendurch hat Paul jede freie Minute mit Dusty verbracht. Dusty hatte sich bei dem Sprung von dem Felsen eine Rippe angeknackst, aber der Tierarzt hat gesagt, das würde von alleine wieder heilen. Genauso wie die Wunde an seiner Schulter, die er nur desinfiziert und zusammengetackert hat. Wirklich mit einem Tacker und Metallklammern, sodass Dusty gerade ein bisschen aussieht wie der Hund von Frankenstein. Zumindest an der Schulter!

Meistens sind Paul und Dusty zu der Hütte hinaufgestiegen, an der Max sich damit wichtig gemacht hatte, wie gut er schießen konnte. Und dann haben sie auf der Bank vor dem Holzstoß gesessen und zu den Berggipfeln hinübergestarrt. Paul war sich sicher, dass Dusty die Berge wiedererkannt hat und genauso froh wie er selber war, das gefährliche Abenteuer überstanden zu haben. Und wenn Dusty ihm über die Hand geschleckt hat, hatte Paul das Gefühl, dass sein Hund ihn um Verzeihung bitten wollte, weil er weggelaufen war.

Nur dass Paul ja immer noch nicht wusste, wie es jetzt weitergehen würde! Klar, erst mal war Dusty wieder bei ihm und schien auch ganz zufrieden zu sein, aber gleichzeitig dachte er bestimmt auch an Anna. Und Paul musste jedes Mal die Zähne zusammenbeißen, um nicht laut loszuheulen, wenn er sich vorstellte, was vielleicht passieren würde, wenn Anna aus dem Krankenhaus zurück war …

Heute ist es so weit, denkt er gerade wieder, während er seiner Mutter hilft, den Tisch auf der Terrasse zu decken. Heute entscheidet es sich. Vielleicht sind das jetzt die letzten Minuten, die ich mit Dusty verbringe!

Heute wird Anna nämlich aus dem Krankenhaus entlassen. Genau wie ihr Vater. Simone und Peter haben Anna und ihre Eltern zum Kaffee eingeladen. Die dicke Gertrud hat extra einen Kuchen gebacken, und der Großvater will auch kommen, zusammen mit Max!

Dusty liegt unter dem Tisch und verfolgt mit den Augen jede Bewegung, die sie machen.

»So«, sagt Peter, während er schnell einen Finger voll Schlagsahne aus der Schüssel nascht. »Alles klar. Es kann losgehen.« Er blickt auf seine Uhr. »Wenn sie pünktlich sind, müssten sie eigentlich jeden Moment hier auftauchen. – He, Paul, jetzt guck nicht so unglücklich aus der Wäsche! Wir besprechen das in aller Ruhe. Es ist ja auch noch gar nicht klar, ob sie Dusty überhaupt wiederhaben wollen. Und wir müssen sowieso erst mal sehen, wie er sich verhält, wenn sie da sind. Aber wir finden ganz sicher eine Lösung.«

»Ich hab nachgedacht«, meldet sich Karlotta zu Wort. »Ich weiß, was wir machen können! Soll ich es euch sagen?«

Peter nickt.

»Wir wollen doch Dusty unbedingt behalten, oder? Und die anderen waren sowieso total fies zu ihm, als sie ihn einfach ins Tierheim gesteckt haben. Weil sie Angst vor ihm hatten, so ein Quatsch. Als ob Dusty gefährlich wäre! Aber vielleicht haben sie ja immer noch Angst vor ihm, wenigstens ein ganz klein bisschen und deshalb …« Karlotta heftet Paul ihren Zeigefinger auf die Brust. »Und deshalb geben wir ihnen Dusty einfach gar nicht!«, erklärt sie triumphierend. »Sondern sie können …« Jetzt schnieft sie. Und eine Träne rollt über ihre Wange.

»Was?«, fragt Paul. »Was können sie?«

»Sie können meine Kaninchen haben«, schluchzt Karlotta. »Ich geb sie ihnen, wenn wir dafür nur Dusty behalten dürfen.«

»Oh Mann, Karlotta«, kriegt Paul gerade noch raus, bevor er sie an sich zieht und ihr einen Kuss auf die Haare drückt, während er schon merkt, dass er auch gleich zu heulen anfängt.

Die Kaninchen sind Karlottas Ein und Alles, und er hätte nie damit gerechnet, dass sie auf die Idee kommen würde, sie gegen Dusty einzutauschen. Aber manchmal ist seine kleine Schwester einfach großartig, denkt er.

»Das ist echt nett von dir«, flüstert er. »Aber ich glaube, der Plan klappt nicht. Wir können eigentlich gar nichts machen, verstehst du? Wir müssen erst mal abwarten, was sie überhaupt sagen. Und dann muss Dusty entscheiden, zu wem er will, anders geht es nicht.«

Karlotta macht sich von ihm los und hockt sich neben Dusty.

»Wenn sie kommen, dann knurrst du ganz laut, klar? Damit sie am besten gleich wieder abhauen!«

Aber natürlich klappt das nicht. Sie hören noch kaum das Auto vor dem Haus halten, als Dusty auch schon aufspringt und zu Anna und ihren Eltern rennt, um sie schwanzwedelnd zu begrüßen. Und zumindest Anna freut sich so, dass sie Dusty sofort in die Arme nimmt und glücklich lacht, während er immer wieder versucht, ihr übers Gesicht zu schlecken.

Bei Annas Eltern scheint die Freude nicht ganz so groß zu sein. Annas Vater geht ja an Krücken und hat eindeutig Angst, dass Dusty an ihm hochspringen und ihn umwerfen könnte. Und Annas Mutter hat zwar einen Beißknochen für Dusty mitgebracht und streichelt ihn auch, sieht aber eher so aus, als ob sie ihm immer noch nicht ganz trauen würde.

Erst als sie dann alle am Kaffeetisch sitzen und Gertruds Kuchen probieren, sagt sie plötzlich leise: »Es war sicher nicht richtig von uns, dass wir Jack damals weggegeben haben. Also Dusty, meine ich.

Und ich würde mir wünschen, dass wir ihn besser behandelt hätten. Aber wir haben wirklich gedacht …« Sie bricht mitten im Satz ab und starrt nur auf ihren Teller.

Simone greift über den Tisch hinweg nach ihrer Hand und drückt sie.

»Es war eine fürchterliche Zeit für Sie alle. Und ganz sicher hat Dusty überhaupt nicht verstanden, was eigentlich los war. Aber er hat seine alte Familie auch nie vergessen, das wissen wir ja jetzt.«

»Manchmal sind Hunde auch ein bisschen doof«, erklärt Karlotta unerwartet. »Ich hätte ganz bestimmt nichts mehr von Ihnen wissen wollen, nie wieder!«

»Karlotta«, stöhnt Simone. »Es ist gut jetzt. Hör auf!«

Annas Vater räuspert sich. »Wir möchten uns jedenfalls bedanken, dass Sie sich um Jack gekümmert haben.«

»Dusty«, sagt Paul. »Er heißt jetzt Dusty.«

»Ich weiß, Entschuldigung. Ich wollte ja auch nur …«

»Bedanken Sie sich bei Ihrem Hund«, unterbricht ihn Peter. »Ohne ihn …«Er spricht nicht weiter und hebt nur die Hände, denn es ist ohnehin jedem klar, was er meint.

Für einen Moment sagt niemand mehr etwas. Alle denken noch einmal daran, was auf dem Berg passiert ist.

Und es ist auch logisch, dass Anna und ihre Eltern ein schlechtes Gewissen haben, denkt Paul. Wegen früher! Aber trotzdem findet er, dass sie irgendwie komisch sind. Vor allem die Eltern. Ganz kurz überlegt er, dass sie vielleicht mal ganz anders waren. Aber dass sich bestimmt alles verändert, wenn Eltern ihr Kind verlieren. Und dass er selber sich gar nicht vorstellen kann, wie es wohl für ihn oder seine Eltern wäre, wenn Karlotta sterben würde …

Als Dusty anfängt zu winseln, blickt er hoch. Dusty hat die Pfote auf Annas Knie gelegt und sieht sie bettelnd an.

»Darf ich ihm ein bisschen Kuchen geben?«, fragt Anna.

»Nein«, sagt Karlotta. »Er soll bei fremden Leuten nicht betteln.«

»Aber ich bin doch gar nicht fremd«, sagt Anna so leise, dass Paul sie kaum versteht. Dann schiebt sie ihren Stuhl zurück und hockt sich neben Dusty auf den Boden.

»Dusty ist ein schöner Name«, flüstert sie, während sie ihn streichelt. »Passt gut zu dir. Ich glaube, ich werde dich auch weiterhin so nennen.«

Paul merkt, wie ihr Satz ihm einen Stich versetzt. Und es wird nicht besser, als Dusty sich jetzt auch noch auf den Rücken dreht, damit Anna seinen Bauch streicheln kann.

Ohne dass sie ihn kommen gehört haben, steht plötzlich der Großvater bei ihnen am Tisch. Und gleich darauf taucht auch Max auf, mit einem Kälbchen, das er hinter sich am Strick herzieht.

»Wir sind ein bisschen spät dran«, verkündet der Großvater. »Ich hoffe, ihr habt uns noch was von Gertruds Kuchen übrig gelassen.«

Simone zeigt lachend auf die beiden freien Plätze am Tisch.

»Setzt auch! Kuchen kommt sofort.«

Max bindet das Kälbchen an einen Zaunpfosten. Wo es gleich anfängt, mit seinem weichen Maul die Grashalme abzurupfen.

Dusty stellt kurz die Ohren auf, scheint dann aber zu entscheiden, dass das Kalb nicht besonders interessant ist, und lässt sich lieber weiter von Anna das Fell kraulen.

»Es ist wieder gesund«, erklärt Max stolz und zeigt auf sein Kälbchen.

»Niedlich«, sagt Anna. »Echt süß.«

»Dann warte mal ab, bis es größer geworden ist«, meint Max lachend und deutet mit den Armen an, wie dick und breit das Kalb mal werden wird. »Dann war's das nämlich mit niedlich! Vor allem wenn es dich mit gesenktem Kopf über die Weide jagt, weil ihm irgendwas nicht passt.«

Jetzt nimmt er auch noch die Hände hoch und tut so, als ob er zwei Hörner hätte, mit denen er gleich die ganze Tischrunde aufspießen wollte.

Alle lachen. Nur Paul starrt auf seinen Teller. Klar, er freut sich auch für Max, dass das Kälbchen wieder gesund ist. Aber es interessiert ihn gerade nicht besonders. Und irgendwie nerven ihn die anderen. Wenn er ehrlich ist, muss er zugeben, dass er sich sogar über Dusty ärgert! Der einfach nur zufrieden ist, dass alle da sind. Als ob sie seine Schafherde wären, die er auf der Wiese zusammengetrieben hat. Und als ob jetzt alles wieder in Ordnung wäre. Ist es aber nicht. Gar nichts ist in Ordnung! Aber das scheinen sie nicht zu kapieren.

Paul ist plötzlich so sauer, dass er erst nach einer Weile mitkriegt, worüber die anderen inzwischen reden. Anna erzählt davon, wie Dusty sie gefunden und in die Höhle geschleppt hat. Paul kennt die Geschichte ja schon von seinem Besuch im Krankenhaus, aber für Max und den Großvater ist sie noch neu …

»Es war ganz komisch«, sagt Anna. »Ich wollte

eigentlich nur noch im Schnee liegen bleiben und schlafen. Mir war auch gar nicht mehr kalt. Und als Dusty mich da weggezerrt hat, habe ich das kaum mitgekriegt. Erst in der Höhle habe ich ihn erkannt! Aber ich hatte keine Angst mehr vor ihm, nicht so wie an dem Nachmittag im Café, als ich gedacht habe, ich sehe plötzlich ein Gespenst. Jetzt war es eher, als ob ich gewusst hätte, dass Dusty mir nur helfen will.«

Jedesmal wenn Dusty seinen Namen hört, klopft er kurz mit der Schwanzspitze auf den Boden.

»Und dann war auf einmal diese Riesenkatze da …«, sagt Anna leise.

»Ein Luchs«, wirft der Großvater ein. »Ich habe seine Spuren gesehen. Er hat da oben sein Revier. Normalerweise geht er Menschen aus dem Weg, aber in diesem Fall wart ihr in seiner Höhle und er hat sich bedroht gefühlt.«

»Er hat Dusty ja auch angegriffen!« Annas Stimme klingt jetzt ganz kratzig, und ihre Augen sind weit aufgerissen, als ob sie alles noch einmal vor sich sehen würde. »Er hat ihm mit den Krallen die Schulter aufgerissen, aber Dusty hat mich trotzdem weiter verteidigt. Obwohl der Luchs immer wieder gefaucht und versucht hat, mit den Zähnen an Dustys Kehle zu kommen. Ich weiß nicht genau, was dann eigentlich passiert ist, und warum er auf einmal rückwärtsgegangen und verschwunden ist …«

»Dusty hat ihn niedergestarrt«, erklärt Paul, obwohl er eigentlich gar nichts sagen wollte. Aber es scheint ihm plötzlich wichtig, dass alle begreifen, wie Dusty den Kampf gewonnen hat. »Das ist typisch für Border Collies! Sie gucken dem anderen so lange genau in die Augen, bis er aufgibt. Ich habe es schon mal gesehen, als er das gemacht hat. Mit einem ziemlich großen Bullen, bei uns zu Hause auf der Weide.«

»Irre!«, sagt Max. »Passt.«

»Als der Luchs weg war, ist Dusty zu mir gekommen und hat sich ganz dicht an mich gedrückt, um mich zu wärmen«, erzählt Anna den Rest der Geschichte. »Ich muss auch ein paarmal eingeschlafen sein, aber immer wenn ich wieder wach wurde, war er da und hat mir über das Gesicht und die Hände geleckt. Und dann habe ich irgendwann den Hubschrauber gehört, und Dusty ist nach draußen gerannt, als würde er genau wissen, dass er der Bergwacht zeigen musste, wo wir waren. Denn in der Höhle hätten sie uns ja gar nicht gefunden!«

»Irgendwann schon«, sagt der Großvater. »Nur dass es dann vielleicht zu spät gewesen wäre.«

»Dusty ist echt ein Held«, meint Max. »Und mit Abstand der schlauste Hund, den ich kenne.«

Der Großvater nickt. Er hebt seine Kaffeetasse hoch und erklärt: »Auf Dusty! Und auf die anderen Helden hier am Tisch. Wobei ich nicht Sie meine«, setzt er mit einem kurzen Blick auf Annas Vater hinzu. »Sondern die beiden Buben. Ihr habt eure Sache gut gemacht, da gibt's nichts zu meckern. Und der Paul ist immer hier willkommen, wenn er später vielleicht mal einen richtigen Beruf erlernen will. Bergführer zum Beispiel …«

»Mann, das wäre was«, flüstert Max. »Wir beide zusammen, passt!«

»Moment«, sagt der Großvater und zeigt auf Dusty. »Ohne deinen Hund geht gar nichts! Den musst du schon mitbringen!«

»Apropos Dusty«, mischt sich jetzt Peter in das Gespräch. »Ich denke, wir sollten da jetzt nicht mehr länger drum herumreden. Irgendwie müssen wir das jetzt klären.«

Annas Vater blickt hoch. »Das sehe ich genauso. Also, um es kurz zu machen: Jack ist ja nun mal unser Hund. Und er hat deutlich gezeigt, dass er uns vermisst. Außerdem hat er Anna das Leben gerettet! Und wahrscheinlich auch mir. Vielleicht ist es dann jetzt an der Zeit, unseren Fehler von damals gutzumachen und Jack wieder zu uns zu nehmen.«

Paul merkt, wie sein Herzschlag für einen Moment

aussetzt. Aber dann sieht er, wie Annas Mutter den Kopf schüttelt. »Andererseits wohnen wir inzwischen mitten in der Stadt!«, sagt sie. »Im vierten Stock, ohne irgendeinen Wald oder wenigstens eine Grünanlage in der Nähe. Und es scheint mir doch auch so, als hätte Jack, Entschuldigung, Dusty, sich eigentlich ganz gut an sein neues Zuhause gewöhnt …«

»Aber er ist weggerannt, um uns zu suchen!«, beharrt Annas Vater. »Das ist ja wohl eindeutig genug.«

»Ich glaube, Sie haben echt keine Ahnung von Hunden«, mischt sich Karlotta mal wieder ein. »Das ist nämlich ganz anders …«

Weiter kommt sie nicht, weil Peter ihr schnell die Hand vor den Mund hält.

Im gleichen Moment brummt der Großvater: »Wo die Kleine recht hat, hat sie recht.«

»Sowieso«, erklärt Max und nickt.

Annas Vater zieht ärgerlich die Augenbrauen zusammen. Aber er sagt nichts mehr.

Jetzt blicken alle zu Anna, was sie dazu meint. Aber Anna kritzelt gerade irgendetwas auf einen Zettel, als hätte sie gar nicht zugehört.

»Was machst du da?«, will ihre Mutter wissen.

»Ich schreibe eine geheime Nachricht an Paul …«

»Zeig mal!« Annas Mutter streckt fordernd die Hand aus.

»Mama!« Anna verdreht die Augen. »Eine *geheime* Nachricht, habe ich gesagt.«

Sie faltet den Zettel zusammen und schiebt ihn Paul hin.

Pauls Hände zittern ein bisschen, als er Annas Sätze liest. Dann nickt er Anna zu und schiebt den Zettel in seine Hosentasche.

»Hä?«, macht Karlotta. »Was ist denn jetzt?«

Aber da hat sich Anna schon wieder neben Dusty gekniet und flüstert ihm irgendetwas ins Ohr. Dann steht sie auf und blickt zu ihren Eltern.

»Ich bin müde. Können wir zurück zum Ferienhaus?«

»Aber …«, setzt ihr Vater an.

»Nein, Papa, sag jetzt gar nichts mehr. Lass uns einfach fahren, ja? Wir können das sowieso nicht entscheiden, das ist Dustys Sache. Aber ich glaube, er weiß genau, was er will!«

Anna sieht so entschlossen aus, dass ihre Eltern nur ratlos mit den Schultern zucken. Und dann tatsächlich aufstehen und sich verabschieden!

Als sie über die Wiese zu ihrem Auto gehen, hebt Dusty kurz den Kopf, um hinter ihnen herzublicken. Aber er bleibt liegen. Und als die Autotüren zuklappen, blickt er Paul nur mit seinen klugen Augen an.

»Danke, Dusty!«, flüstert Paul. Er wartet einen Moment, bis der Wagen auf dem Waldweg verschwunden ist. Dann holt er den Zettel aus der Tasche und liest laut vor, was Anna geschrieben hat: »Du musst keine Angst haben, Paul. Ich nehme dir Dusty nicht weg. Aber es wäre schön, wenn du mir erlaubst, dass ich ihn immer mal sehen darf.«

Paul blickt hoch. »Das wird bestimmt gut, wenn sie uns von Zeit zu Zeit besuchen kommt«, sagt er und grinst.

»Passt!«, erklären Peter und Simone gleichzeitig und fassen sich lachend an den Händen.

»Sowieso«, sagt der Großvater.

Max grinst nur und hebt den Daumen hoch.

»So doof ist diese Anna gar nicht«, meint Karlotta. »Eigentlich ist sie sogar ganz nett.«

Und Dusty klopft mit dem Schwanz auf den Boden, als hätte er alles ganz genau verstanden.

Der Verlag weist ausdrücklich darauf hin, dass im Text enthaltene externe Links vom Verlag nur bis zum Zeitpunkt der Buchveröffentlichung eingesehen werden konnten. Auf spätere Veränderungen hat der Verlag keinerlei Einfluss. Eine Haftung des Verlags ist daher ausgeschlossen.

Dieses Buch ist auch als E-Book erhältlich.

MIX
Papier aus verantwortungsvollen Quellen
FSC® C014496

Verlagsgruppe Random House FSC® N001967

1. Auflage 2017

Umschlagbild: Bente Schlick, www.benteschlick.com
Umschlagfertigstellung: init | Kommunikationsdesign, Bad Oeynhausen
ck · Herstellung: AJ
Satz: KompetenzCenter, Mönchengladbach
Druck: GGP Media GmbH, Pößneck
ISBN 978-3-570-17414-2
Printed in Germany

www.cbj-verlag.de

© Ulrike Gerold

Jan Andersen ist ein Pseudonym des Autors Wolfram Hänel. Er lebt in Norddeutschland und hat über hundert Geschichten und Romane geschrieben, die in insgesamt 25 Sprachen übersetzt worden sind. Schon als Junge hat er am liebsten Hundebücher gelesen – und natürlich hat er selber auch immer einen Hund gehabt, immer Border Collies! Er ist sich sicher, dass irgendwann der Tag kommt, an dem er mit seinem Border Collie zusammen am Tisch sitzt und der Hund plötzlich anfängt zu reden …

Jan Andersen

Dusty – Freunde fürs Leben

ca. 160 Seiten, ISBN 978-3-570-22641-4

Als Paul eines Tages allein unterwegs ist, lauert ihm eine Bande auf. Sie wollen sein Geld, und Paul weiß: Gegen die hat er keine Chance. Doch da taucht plötzlich dieser völlig verwilderte Hund auf – und schlägt die fünf Typen in die Flucht. Von dieser Minute an weicht der Hund dem Jungen nicht mehr von der Seite. Paul spürt genau, dass Dusty auf der Suche ist. Aber wonach? Und warum nennen ihn die Leute den „Killerhund"? Schritt für Schritt kommt Paul einem schrecklichen Geheimnis auf die Spur. Er ist sicher, dass Dusty unschuldig ist. Aber kann er es beweisen?

40345

cbj

www.cbj-verlag.de

Jan Andersen

Dusty in Gefahr

ca. 208 Seiten, ISBN 978-3-570-17339-8

Als Paul mit seinen Eltern spätabends von einer Schulfeier nach Hause kommt, stellen sie fest, dass Einbrecher im Haus gewesen sein müssen. Dusty, der sofort Witterung aufnimmt, verfolgt die Männer, die beim Eintreffen der Familie die Flucht ergriffen hatten – doch er kann sie nicht mehr stellen. Da es in der letzten Zeit mehrere Fälle dieser Art gegeben hat und die Polizei nicht wirklich weiterkommt, beschließen Paul und Alex, der Bande eine Falle zu stellen. Aber das geht richtig schief – und plötzlich ist auch noch Dusty verschwunden! Haben die Verbrecher ihn gekidnappt? Paul weiß nur eins: Er muss Dusty retten, koste es, was es wolle ...

10356

cbj

www.cbj-verlag.de

Peter Lerangis

SEVEN WONDERS

Sieben Weltwunder – vier Freunde – ein atemberaubendes Abenteuer

Jack McKinley, seine Freunde Cass, Marco und Aly sind Nachfahren einer uralten Götter-Dynastie. Und sie besitzen sogar Superkräfte. Doch dieses Erbe bringt nicht nur ihr eigenes Leben, sondern die ganze Welt in Gefahr! Und nur die vier Freunde können sie noch retten. Es erwartet sie eine schier unlösbare Aufgabe: Sie müssen die antiken sieben Weltwunder finden und ihr Geheimnis lüften. So beginnt ein tödlicher Kampf mit Gegnern, die mächtiger und grauenvoller sind als alles, was Jack und seien Freunde sich jemals vorstellen konnten.

Der Koloss erwacht
Band 1, 384 Seiten,
ISBN 978-3-570-15846-3

Die Bestie von Babylon
Band 2, 416 Seiten,
ISBN 978-3-570-17076-2

Das Grabmal der Schatten
Band 3, 352 Seiten,
ISBN 978-3-570-17114-1

Der Fluch des Götterkönigs
Band 4, 336 Seiten,
ISBN 978-3-570-17115-8

Der letzte Kampf des Dämons
Band 5, 416 Seiten,
ISBN 978-3-570-17116-5

10325_5

cbj

www.cbj-verlag.de